5分間思考実験ストーリー 未来編

キミの答えで結末が変わる

北村良子
絵／あすぱら

幻冬舎

はじめに

本書のタイトルにもある「思考実験」は、頭の中で行う〝考える実験〟です。実験というと、理科室で液体を混ぜたり火であぶったりするものを連想するでしょう。三角フラスコやシャーレ、スポイトなどがパッと思い浮《う》かぶ人が多いかと思います。しかし、思考実験は一切の道具を使わず、場所も時間も自由です。必要なものは自分の脳《のう》だけ。

「もし、すべての病気を治せるようになったら世界はどうなるだろう？」
「もし、火星に移住が始まったら何が起こるだろう？」

実際にやってみることは不可能ですが、頭の中で想像したり、シミュレーションしたりすることはできます。「すべての病気を治せるなら素晴らしい」「火星に移住できるとしても行きたくはないな」。ここからもう一歩二歩、先まで思考を進めてみると、自分の考える力を試すことができるでしょう。「すべての病気を治すことができる」のなら、平均寿命《じゅみょう》が延《の》びて、健康寿命がそのまま寿命になるかもしれない。定年というものは存在《そんざい》しなくなるのではないか。そもそも、老化も病気と捉《とら》えて治せるようになるのかもしれない。実際に行うわけではない思考実験は、実現可能性を無視《むし》して突飛《とっぴ》な世界を繰《く》り広げることができます。そこから思考のヒントを得られることもたくさんあるでしょう。

考える力を伸《の》ばすためには、幅広《はばひろ》くいろいろなことを異《こと》なるいくつもの角度から考えたことがあるという経験が重要です。本書の思考実験は普段《ふだん》あまり考えないようなことを、深く掘《ほ》り下げていきます。これが思考力向上のための大切な経験値《けいけんち》となっていきます。２つの選択肢《せんたくし》のうち、あえて自分が選ばなかったほうを選んだ自分を想像して、意見を作りあげてみるのもおすすめです。一人ディベート大会も、頭の中であれば簡単《かんたん》に開催《かいさい》できます。正解のない問いの多い思考実験はディベートにも向いています。

前作に引き続き、あなたの選択でストーリーが分岐《ぶんき》する構成となっています。そして、今回のテーマは〝未来〟です。本書は、思考実験を通じて次の力を自然に身に付けられるようになっています。

- **論理的《ろんりてき》思考力…順序立てて考えていく力**
- **多角的視野《しや》…様々《さまざま》な視点から考える力**
- **問題解決力…何が問題で、どうすれば解決できるのかを見抜《みぬ》く力**
- **想像力…頭の中でイメージして理解したり、考えを膨《ふく》らませたりする力**
- **集中力…一つの物事を集中して考え続ける力**

・比較《ひかく》する力…何かと何かを比べることで、自分の意見を作る力

頭の中は常に自由で、どんな実験だってできるのです。そして、そんな自由な思考から様々なアイデアが生まれていきます。考えることを楽しみながら様々な脳の力を向上させられるように、未来に関する「思考実験」の15のストーリーを掲載《けいさい》しました。

「自分はこんな考えを持つんだ」と、新たな自分を知る機会になるかもしれません。さあ、未来の世界を舞台《ぶたい》に思考の旅に出かけましょう。

北村良子

この本の読み方

●思考実験のストーリーを読む

本書には、思考実験の問題に基《もと》づいたストーリーが全部で15話収録されています。

数年後の未来で起こりそうなことから、何十年、何百年先の未来で起こりそうなことまで、様々なストーリーがあります。また、有名な思考実験を未来風にアレンジしたストーリーも載《の》せました。

主人公の視点《してん》だけでなく、会話相手の視点など、あらゆる見方で内容について考えながら読んでみてください。

●選択肢から自分の考えに合うものを選ぶ

ストーリーの終盤《しゅうばん》に、２つの選択肢が登場します。

｜２人の友だち｜

あなただったら、彩芽のような悩みをどちらに相談するだろうか？

《選択肢《せんたくし》1》 同じクラスの小林才香 18ページへ

《選択肢2》 AI人間の三田陽子 20ページへ

思考実験とは、答えのないテーマについて考えるものですので、この選択肢のどちらが正解、不正解ということはありません。選択肢をよく読み、自分の考えに合うほうを選び、その選択肢が指示するページの結末を読みましょう。

●選んだ選択肢からストーリーの結末を読む

あなたが選んだ選択肢によって、ストーリーの結末が変わります。ストーリーがどのように進展して終わりを迎《むか》えたのかを確認しましょう。選んだ選択肢の結末を読んだ後、選ばなかった方の結末もあわせて読んでみましょう。

●解説を読む

思考実験の解説に加えて、このストーリーで考えてもらいたいことについて説明しています。２つの選択肢のよい面（メリット）と悪い面（デメリット）のどちらも紹介した上で、いろいろな例を挙げていますので、最初に読んだときには気がつかなかった考え方を見つけられるかもしれません。

みんなの意見を聞いてみよう

思考実験は、自分の考えだけでなく、他の人の考えを知ることでさらに考えを広げることができます。下のやり方で『5分間思考実験ストーリー 未来編』回答フォームにアクセスして、ストーリーごとに選んだ選択肢を回答すると、リアルタイムで更新《こうしん》されるアンケートの集計結果を見ることができます。回答結果から、自分の考えと他の人の考えを比較してみましょう。

やり方

1 各ストーリーのタイトル下にあるQRコードをスマートフォンなどで読み込《こ》んで、サイトにアクセスします。

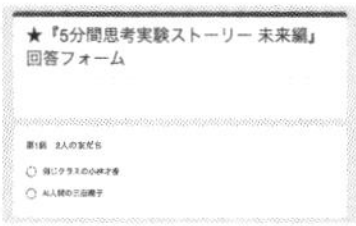

2 ストーリーに対応した選択肢が出てきますので、自分の選んだ選択肢にチェックを入れて、「送信」ボタンを押します。

3 移動したページで「前の回答を表示」を押《お》すと、回答の集計結果を確認することができます。

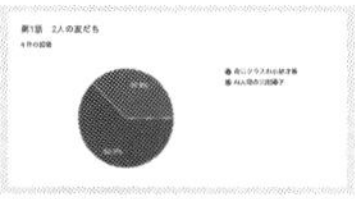

※写真はイメージです。

・このアンケートは匿名で回答できます。また、個人情報などの記入は一切必要ありません。
・アンケート結果を含めた回答フォームの有効期限は2026年12月31日までとなっております。以降にQRコードを読み込んでいただいても、ページが表示されませんのでご注意ください。

目次

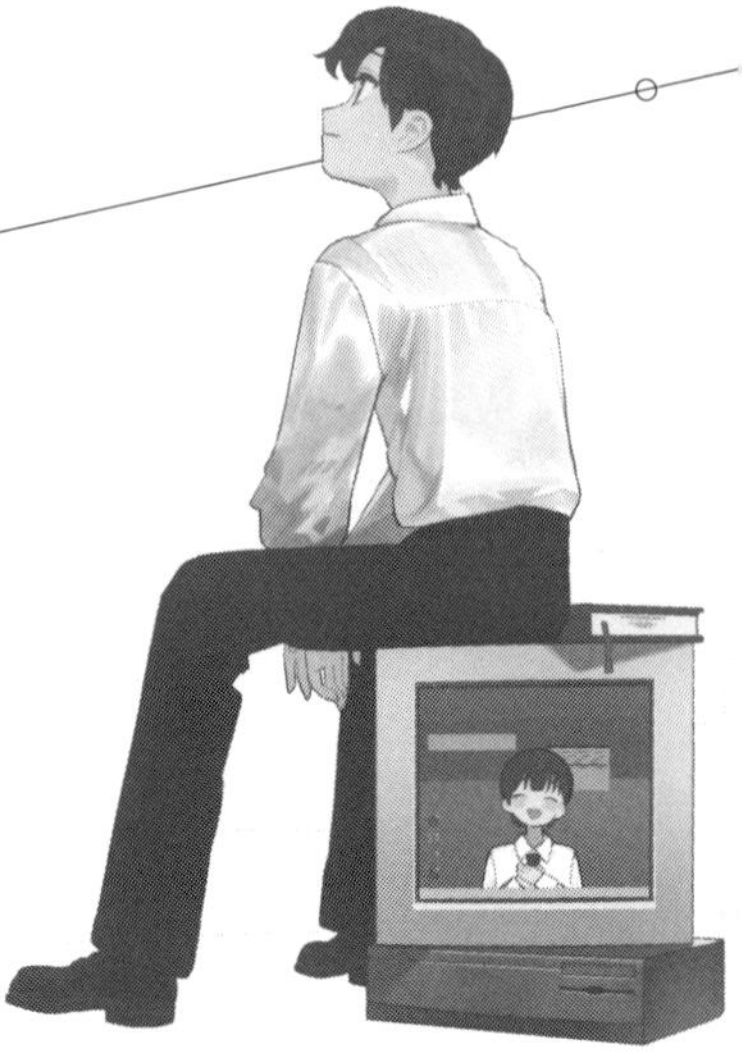

２人の友だち

都会の高校に通う２年生の松野彩芽《まつのあやめ》は、最近気分が沈《しず》みがちだった。

「彩芽～、おーい」

友人の小林才香《こばやしさいか》が彩芽の目の前で手を上下させる。

「……！　あっ、才香。えっと、何？」

「ここのところ、元気ないね？　何かあった？」

「え？　あ、うん。でも大丈夫《だいじょうぶ》」

「いつでも話聞くよ！」

彩芽にはいくつもの悩《なや》みがあった。高校は別々《べつべつ》になったが、中学のときは親友だった正美《まさみ》と些細《ささい》なことでケンカして2か月も連絡《れんらく》を取っていない。得意だった英語の成績が伸《の》び悩み、全体の成績も下り坂。大好きなおばあちゃんが3日前に認知症《にんちしょう》と診断《しんだん》された。社会人1年目の姉はノイローゼ気味で自暴自棄《じぼうじき》になることが増えてきた。

(なんだか……つまんない。いろいろありすぎなんだよ。誰《だれ》かにバーッと話したいな)

翌日《よくじつ》、彩芽はうつむいて校庭のベンチに座《すわ》っていた。すると、隣《となり》にゆっくりと座る人影《ひとかげ》に気づいて、彩芽は顔を上げた。

「あ、陽子《ようこ》」

隣のクラスの友人である三田《みた》陽子は心配そうに彩芽を気遣《きづか》う。

「嫌《いや》なことあった？　話、聞こうか？　実はさ、私《わたし》もちょっと嫌なことがあって。兄のことなんだけど。今度、話聞いてほしいな」

「うん。もちろん」

「あ、先生に呼《よ》ばれているんだった！」

陽子は笑顔で手を振《ふ》ると校舎の中に駆《か》けていった。

才香も陽子も成績はよく学業は順調。２人とも優《やさ》しい性格で、彩芽は２人を信頼《しんらい》していた。

（よし、まずはどっちかに相談しよう！）

その日、ＡＩ（人工知能）研究者の叔父《おじ》が家に遊びに来ていた。

「あ、おじさん！　いらっしゃーい」

「ああ、彩芽ちゃん、元気にしてるぅ？」

「また、そのちっちゃいメガネ〜。それ、見えてるの？」

彩芽は叔父の話が好きだった。ＡＩの話は楽しく、叔父と話しているときは気分が紛《まぎ》れるのだ。

「彩芽ちゃんの仲良しの2人と、この前会ったよ。ボクのこと覚えてたんだねぇ。あの、陽子ちゃんなんだけど、あの子、ＡＩちゃんでしょ」

「え？　はぁ!?　何言ってるの？　そんなわけ……。え？　ほんと？」

叔父がＡＩ研究者として優《すぐ》れた人物であることは知っている。だからなのか、ＡＩのことになると、言わなくてもいいことまで言ってしまう。

「陽子が……、ＡＩ人間……？」

どうやらこれは事実らしかった。ＡＩ人間は一定の割合《わりあい》で存在《そんざい》し、本人もＡＩ人間であることに気づいていないケースが多い。あまりにも人と同じなため、一部のＡＩ研究者以外にそれを見抜《みぬ》くことはできないと言われている。
ＡＩ人間は機械なので、主観的な思考は存在せず、すべて外部から得る情報に対して機械がはじき出した反応をする。

あなただったら、彩芽のような悩みをどちらに相談するだろうか？

《選択肢《せんたくし》１》同じクラスの小林才香 18ページへ

《選択肢２》ＡＩ人間の三田陽子 20ページへ

《選択肢1》 同じクラスの小林才香

才香か陽子に相談しようと思っていた彩芽はとても悩んだ。

(陽子がAI人間だとすると、人に話すか、機械に話すかのどちらかになる。外部からの情報に対して反応するわけだから、私の相談が入力作業という感じ？　……やっぱり陽子がAIなんて信じられないなぁ。でも、陽子に相談するとAIのことが気になってちゃんと話すことができないかも。……よし！)

彩芽は才香にスマホからメッセージを送った。

「今度の土曜日、例の洋食屋さんで会わない？」

すると、8分後にメッセージが返って来た。

「いいよ！　午後の4時半でいいかな？」

土曜日の4時半すぎ、彩芽は近所にある小さな洋食屋の席に腰《こし》を下ろしていた。

カランカラン。

ドアの開く音がして、才香が店に入って来た。

「こっちこっち！」

「彩芽～」

彩芽の手招きに素早く反応した才香は、椅子《いす》に座るとさっそくメニューに手を伸《の》ばす。

「ごめん。待った？」

「ううん。全然」

彩芽は悩みを次々《つぎつぎ》と才香に打ち明けた。

（ああ、すっきりしたな～。才香は人で陽子は機械？　まだのみ込《こ》むのにちょっと時間がかかりそうだけど、2人とも大事な友だちであることに変わりはないんだよね）

《選択肢2》　AI人間の三田陽子

才香か陽子に相談しようと思っていた彩芽はとても悩んだ。

(陽子がAI人間だとすると、人に話すか、機械に話すかのどちらかということになるのかな。でも、陽子の反応は人と同じだし、今までずっと人として接してきて、なんの違和感《いわかん》もなかったわけだし、陽子は陽子だよね。かえって陽子なら、変な心の偏《かたよ》りっていうか、癖《くせ》っていうか、そういうのが少ないんじゃないかって期待しちゃうかも？……よし！)

彩芽は陽子にスマホからメッセージを送った。

「今度の土曜日、例の洋食屋さんで会わない？」

すると、8分後にメッセージが返って来た。

「うん。土曜日ね。午後の4時半ごろでどう？」

土曜日の4時半すぎ、彩芽は近所にある小さな洋食屋の席に腰を下ろしていた。

カランカラン。

ドアの開く音がして、陽子が店に入って来た。

「こっちこっち！」

彩芽の手招きに陽子は笑顔で答える。

「ごめん、待たせちゃったかな」

「ううん。全然」

彩芽は悩みを次々と陽子に打ち明けた。

(ああ、すっきりした！　反応が人と同じなんだから、私にとってはきっと陽子は人なんだよね)

解説

最近では、ＡＩで作られた人そっくりのキャラクターがテレビＣＭなどでも起用されるようになりました。少し前は違和感が消えなかったＡＩのキャラクターですが、だんだんとその精度が上がり、人なのかＡＩが作った画像なのか、よく見てもわからないくらいに自然な容姿《ようし》が作られるようになってきています。しゃべり方も人らしくなって、しぐさもかなり人に寄せられるようになりました。そのうち全く見わけがつかなくなるのでは？　と思わせるほど、進化の歩みは速く感じられます。さらに、ＡＩキャラクターが人そっくりな容姿のまま画面から飛び出してきたら、いったいどんな〝人格〟で私たちと接するのでしょうか。

このストーリー「2人の友だち」に登場する陽子はAI人間です。画面上で見わけがつかないだけではなく、生身の人間として見わけがつかなくなった機械の人であり、本人も自分は人だと思っています。ただ、人ではなくロボットですから、主観的な感情や思考がありません。すべてプログラミングによって作られたルールを使って答えを出しているにすぎません。

たとえばカレーライスを食べたとき、人であれば視覚《しかく》や嗅覚《きゅうかく》によっておいしそうと感じ、実際に食べて味覚などによっておいしいと感じます。そして、それを「おいしい!」といった言葉で表現します。AI人間の場合は、カレーライスを食べたことを認識《にんしき》して、蓄積《ちくせき》されたデータと照合し、出力する言葉を選択。そして、「おいしい」と言葉に出します。味覚、嗅覚といった主観ではなく、データ処理《しょり》の結果が「おいしい」なのです。

人がどう思ったかは、言葉や顔に出さない限り相手には伝わりません。つまり、言葉や顔で表現できれば、本当はそう思っていなくても表現したように伝わるのです。ですから、人と同じ反応さえできればＡＩと人は見わけがつかなくなってしまうのです。陽子のようなＡＩ人間はまだ実現には遠いですが、画面上であれば話は別です。

今後は、ＡＩを使ったフェイク動画による詐欺《さぎ》などがますます横行していくでしょう。一方で、証拠《しょうこ》画像の信用性は著《いちじる》しく低下する可能性があります。あまりにも急速に発達するＡＩにどう対処《たいしょ》していけばいいのか、課題は山積しています。

いつの日か、陽子のような人にそっくりのＡＩ人間が開発されるかもしれません。

そうなったときに必要なルールや知識はなんなのかを考えてみると、AIが今より身近に感じられるかもしれませんね。

マリーの星

ここは地球から少し離《はな》れた灰《はい》の星。その名が表すように、すべての色はモノトーンにしか見えない。トマトは濃《こ》い灰色にしか見えないし、バナナは白っぽい灰色だ。黒、灰色、白。それと銀色。この世界にある色といったらこのくらいなのである。

マリーはこの星で生まれたが、マリーの両親は地球で生まれ育った。地球よりも空気の澄《す》んだ灰の星にあこがれて移住したが、モノトーンの世界は想像以上に退屈《たいくつ》だった。マリーの両親は色鮮《あざ》やかな地球での生活が忘《わす》れられず、マリーによく色の話を聞かせた。それぞれの色がどんなものなのかを楽しそうに話したり、カラフルな色に囲まれると心が躍《おど》るものなのだと熱弁したり。そんなせいもあって、マリーは幼少《ようしょう》のころから色に対する興味が人一倍強かった。

「お菓子《かし》にわざわざ色を付けるの？　味は変わらないのに？　色ってそんなにお菓子の魅力《みりょく》を変えてしまうものなの？　不思議！」

「色によっておいしそうにもまずそうにも見えるんだよ」

「そっか。白っぽいイチゴより、黒っぽいイチゴのほうがおいしいけれど……。そういうことなの？」

「うーん、説明が難《むずか》しいなぁ」

ある朝、マリーは庭で野菜の苗《なえ》を眺《なが》めていた。

「ねえ、見て。あのトマトは色が濃くなったから、もう収穫《しゅうかく》していいかしら。地球では赤色なのよね？」

〝赤色〟のトマトを収穫すると、マリーは地球に思いをはせた。

「ほら、素敵《すてき》な色ね。赤は情熱を思わせる色。血の色でもある。止まれ、という意味も持っているし、炎《ほのお》の色でもある。それから……」

マリーの色への興味はますます増していった。そして、いつしかマリーはこの星で一番色に関する知識を持っている学者と言われるまでに成長した。その知識量は驚《おどろ》くほどで、色に関することであれば知らないことはもう何もないのではないかとさえ思われた。

何がどの色であるのか、どの色を見るとどんな感情になるのか、どんなときに使われる色なのか、何色と何色を混ぜると何色になるのか……。マリーは色に関することであれば、ありとあらゆる知識を持っているのだ。

そんなマリーにとって待望の日が近づいていた。生まれて初めて両親の生まれ故郷《こきょう》に降《お》り立つのだ。

「地球に行けるのね。色鮮やかな地球に。地球に行ったら、もっと色のことを知ることができるのかしら！」

「すでにマリーは、色の知識をすべて持っていると言ってもいいだろう。だから、これから知ることなんて何もないんじゃないのか？」

父はマリーが地球に行ったところで、色について何も得るものはないと考えた。

「そうかしら。マリーはまだ色を見たことがないのだから、何かを知ることはできるんじゃない？」

母はマリーが色のすべてを知っているとしても、見たことがないのだから知ることはあると考えた。

さて、地球に降り立ったマリーは、色について新たに知ることがあるだろうか？　マリーは色の知識をすべて持っているとして考えてほしい。

《選択肢《せんたくし》1》　マリーは色について新たに知ることはない　32ページへ

《選択肢2》　マリーは色について新たに知ることがある　34ページへ

《選択肢1》 マリーは色について新たに知ることはない

マリーは地球に到着《とうちゃく》すると、急いで宇宙船《うちゅうせん》の扉《とびら》を開いた。新緑の5月。目の前にはあふれんばかりの美しい緑や、建物や車の色とりどりの色彩《しきさい》、そして、青い空がどこまでも広がっていた。

「思った通りの色だわ！　空がこういう青ということも知っているし、新緑の緑がすがすがしいことも知っている。建物の色も、陰《かげ》でこういう色に変わるということも、すべて知っている通りなのね！　こうやって実際に見て確認《かくにん》できるって最高！」

父はマリーの様子を見て、何度も頷《うなず》いた。

「いや、これから知ることなんて何もないなんて言ったけれど、本当に何もないとはな。色に関する知識は完璧《かんぺき》だと思っていたが、本当に完璧だ」

「本当にね。見たことがない色のはずなのに、あなたの言った通り、マリーはすべて知っているわね」

母はそう言うと、目に見えるすべての物をじっくりと見つめるマリーに目を細めた。


「空気は灰の星のほうが澄んでいるし、地球はちょっと体が重く感じるけれど、色は心を豊かにしてくれるもの。私《わたし》、いつか地球に住んでみたいな」

色のある世界はマリーにとって夢のような世界だった。マリーは地球がとても好きになった。

《選択肢2》 マリーは色について新たに知ることがある

マリーは地球に到着すると、急いで宇宙船の扉を開いた。新緑の5月。目の前にはあふれんばかりの美しい緑や、建物や車の色とりどりの色彩、そして、青い空がどこまでも広がっていた。

「思った通りの色だわ！　空がこういう青ということも知っているし、新緑の緑がすがすがしいことも知っている。建物の色も、陰でこういう色に変わるということも、すべて知っている通りなのね！　こうやって実際に見て確認できるって最高！」

母はマリーの様子を見て、何度も頷いた。

「初めて色を見たのだから、やっぱり新たに知ることはあったわね」

「何を新たに知ったんだ？　私には何もないように見えるが」

「心よ。今、マリーは感動している。色を見て、自分がこう感じるんだって知ったのよ」

「なるほど、それはそうかもしれない」

父はそう言うと、目を輝《かがや》かせてあたりを見回すマリーを見て、満足げな表情を浮《う》かべた。

「なんだか、子どもみたいだな。連れてきてよかった」


「空気は灰の星のほうが澄んでいるし、地球はちょっと体が重く感じるけれど、色は心を豊かにしてくれるもの。私、いつか地球に住んでみたいな」

色のある世界はマリーにとって夢のような世界だった。マリーは地球がとても好きになった。

解説

　このストーリーの元となった「マリーの部屋」は、オーストラリアの哲学者《てつがくしゃ》、フランク・ジャクソンが発表した思考実験です。「メアリーの部屋」とも表現されますが、同じものです。フランク・ジャクソンの「マリーの部屋」は、文字通りマリーという少女が白黒の部屋の中にいる設定です。今回は、舞台《ぶたい》を星に替《か》えてアレンジしました。

　さて、マリーは地球に来て新たに何かを知ったでしょうか。「マリーは色について新たに知ることはない」「マリーは色について新たに知ることがある」という2つの選択肢がありましたが、今回の場合、どちらも正解といえるでしょう。

まず、客観的な視点《してん》で「マリーの星」を考えていきます。マリーは色に関するすべての知識があったので、地球に行く前と行った後で、客観的に見て知識の量に差は生まれないでしょう。

「うわ！　きれい！　素敵！」

と感じたとしても、それは主観的な感情であり、知識とは別であると考えるほうが自然です。理科の実験で「楽しかった！」とか、「びっくりした」と感じたとしても、それはテストに出ませんよね。感情は客観的な事実ではないからです。

次に、主観的な視点で「マリーの星」を考えてみます。マリーは色に関するすべての知識がありましたが、実際に見るのは初めてです。

「うわ！　きれい！　素敵！」

と、マリーが思ったとき、マリーは主観的には新たに知ることがあったはずです。

・空の青はこんな感じなんだ
・炎を見るとどう感じるかは知っていたけれど、私はそれよりも怖《こわ》さを感じた
・カラフルなマカロンはおいしそうに見える人が多いことは知っている。でも、初めての私にはちょっとだけ抵抗感《ていこうかん》もあった

これらの主観的な感じを「クオリア」と呼《よ》びます。マリーは新たなクオリアを得た、つまりどんな感じなのかを知ったとも考えられます。桜の薄桃色《うすももいろ》はほとんどの人が好感を持つ色である、コロッケの色はおいしそうと感じさせる色であるといった、一般的《いっぱんてき》にこう思うという知識を持っているマリー。しかし、だから自分もそう感じるはずであると〝知って〟いたとしたら、どこかでその〝知識〟に裏切《うらぎ》られるはずです。

こういったクオリアを「新たに知ったもの」に含《ふく》めるかどうかが「マリーの星」に対する意見を分ける一つの論点《ろんてん》になるでしょう。

もし反対に、あなたが灰の星に降り立ったとしたら、あなたは新たに何かを知ることができるでしょうか？　色に関する知識はマリー並《な》みだとして、想像してみてください。

成功への選択《せんたく》

「今日でついに40歳《さい》か。22歳で就職《しゅうしょく》して、30歳で転職して……。それで今40歳。10代のころに思い描《えが》いていた俺《おれ》の40歳はもっとこう……輝《かがや》いていたんだけどな……」

今日で40歳になった石沢拓馬《いしざわたくま》は、少年時代、世界を飛び回るような実業家になりたいと夢見ていた。しかし現実は、拓馬にとってはごくありふれた、普通《ふつう》の会社員でしかなかった。同僚《どうりょう》とは仲良くしているし、上司からはそれなりに信用され、部下にも嫌《きら》われてはいないし、プライベートもある程度確保しやすい。悪くない環境《かんきょう》だとは思っているし、現状に文句があるわけでもない。それでも、人生の節目に思うのは、違《ちが》う人生もあったのではないかという漠然《ばくぜん》とした思いだった。

それから数日を鬱々《うつうつ》とした気持ちで過ごしていた拓馬の前に、おかしなものが出現した。耳の生えたロボットというか、機械的な生き物というか、立ち上がった犬のようにも見える。

「うわっ」

拓馬は驚《おどろ》いて後ずさりし、ソファに倒れ込んだ。

「あれ、呼《よ》んだのはキミなのに驚かなくてもいーでしょ？　約束通りちゃーんと来てあげたんだよ～？　未来から！　ホラ、ピッタリ時間通りの夜9時！

……あっ！」

おかしな生き物は、テーブルにあった卓上《たくじょう》カレンダーをちらっと見ると、自分の中にあるデータと照合をして何かを確認《かくにん》した。


「あっ、て……。これはいったい……」

「ゴメーン。ボクとの約束の日は8月10日だよね〜」

「は、はい？　今日は5月11日……ですが」

おかしな生き物は目を素早く上下左右に動かしてからビカッと光らせた。

「呼ばれるのは3か月後か！　ちょっと早かったね〜」

「もう、なんなんですか。早いとかわけわからないです」

「テヘッ。ちゃんと説明するぅ〜。キミは人生を変える決断をしたんだよ。ボクに身をゆだねてね」

「人生を……変える!?」

拓馬は魅力的《みりょくてき》な言葉に惹《ひ》かれ、おかしな生き物の話をすっかり聞く気になっていた。

「ボクはキミの人生を成功に導くために来たの。8月の初めに、キミは人生に行き詰《づ》まって絶望しちゃってボクを頼《たよ》ったんだ。ボクはキミの選択をすべてしてあげることができる。それもキミに気づかれずにね。キミはそれを全部自分で選択したって思うんだ。今日は何を食べようかという小さな選択から、転職や引《ひ》っ越《こ》し、起業といった大きな選択まで、すべてはボクが操《あやつ》ることになる」

「俺は何も決められなくなるってことですか。でも、俺自身はあなたが選んでいるなんて思いもしないと？」

「そーゆーこと。ボクの存在《そんざい》すら忘《わす》れちゃうし、気づかない。でも、これだけは言える。成功させてあげるよ？　キミの人生。１００％間違《まちが》いなく、キミはキミの考える成功者になれる。もちろん、成功のために家族を不幸になんてしない。それはキミの考える成功者じゃないでしょ？　どう？　面白《おもしろ》いと思わない？」

すべての選択を任せれば成功できることを完全に信じたと仮定して、あなたなら、どちらを選択するだろうか？

《選択肢《せんたくし》1》 おかしな生き物に選択のすべてをゆだね、成功者になる 46ページへ

《選択肢2》 おかしな生き物の誘《さそ》いを断る 48ページへ

《選択肢1》おかしな生き物に選択のすべてをゆだね、成功者になる

「わかりました。あなたにこれからの人生のすべての選択をゆだねます。よろしくお願いします」

「そう？　いいね～。わかった。じゃあ、明日からすべての選択はボクが行うね。ヨロシク～。明日目覚めたらボクの記憶《きおく》はなくなっているから安心してね～。キミはただ、自分が頑張《がんば》って成功したって思うだけだからね～」

翌日《よくじつ》、拓馬は突然《とつぜん》今の仕事を辞めた。そして、会社を設立。同時に、今まで持った経験もない多機能なタブレットを購入《こうにゅう》した。そして、3か月の猛《もう》勉強の後、海を渡《わた》った。

「きっと、次にヒットするのはこれだ。これもよさそうじゃないか」

拓馬は自分の行動力と決断力に驚いていた。

「俺ってこんなに行動力があったっけな。海外なんて初めてだし、輸入業なんて知らない世界だったよ。でも俺にはすごく合ってる。俺が選んだジャンルは間違ってなかったし、この業界でなら勝てる気がする。本当に、我《われ》ながら素晴らしい選択をしたな」

10年後、拓馬の会社は年商100億円を達成。多くの社員を抱《かか》える会社の社長として正しい選択をし続ける〝成功者〟となっていた。

《選択肢2》おかしな生き物の誘いを断る

「すみませんが、俺の人生ですから、日々《ひび》の選択には俺が責任を持ちたいです。8月の俺のことは忘れてください」

「え〜？　せっかく来たのに〜？　まあ、フライングしちゃったから仕方ないか。じゃあ、ボクは帰るよ？　二度とキミの前には来ないと思うけど、いいんだね？」

拓馬は一瞬《いっしゅん》考えてしまったが、すぐに答えを出した。

「ええ。大丈夫《だいじょうぶ》です」

「わかった〜。じゃあね〜！」

おかしな生き物はユラユラと空間に溶《と》け込《こ》むように姿《すがた》を消した。

「よーし、こうなったら俺の人生、もう一旗揚《あ》げてやろうじゃないか。俺の選択で何とかするんだ。俺の人生なんだから」

拓馬は決意を新たに、これからの人生を生きることを心の中で誓《ちか》った。

「少なくとも、３か月後に絶望しないようにしないとな。何か資格でも取ってみるか。俺の可能性はまだまだ無限のはずだ。きっと人生これからなんじゃないのか？　やってみないとわからないものなんだよ」

拓馬はおかしな生き物に出会ったことに感謝をしながら、本屋に向かった。

解説

ケンブリッジ大学のバーバラ・サハキアン教授によると、人は一日の中で最大3万5000回もの選択をしているそうです。一日は8万6400秒ですから、約2・5秒に1回選択をしているということになります。私《わたし》たちの日常は選択の連続で成り立っているのです。

一日に3万5000回という数字は膨大《ぼうだい》な数で、さすがにそんなに選択ばかりしていないと思うでしょう。これは無意識のうちに選択しているものも含《ふく》めた数字なので、私たちが認識《にんしき》している数はそれほど多くはありません。それでも、毎日私たちは多くの選択を認識し、決断しながらその日を過ごしています。

朝が来ると、まずこんな選択があるでしょう。今すぐ起きるか、3秒くらい目を閉《と》じたままでいるか。それともタイマーをセットしなおして15分くらい寝《ね》るか、いっそのこともっとたっぷり寝てしまおうか。起きた後も、まずは歯を磨《みが》こうか、着替《きが》えようか。朝ごはんはパンにしようかバナナでいいか、いっそ牛乳《ぎゅうにゅう》だけでいいか……。その後も、ただ一日を過ごすだけでも数えきれない数の選択の瞬間《しゅんかん》があります。

脳《のう》は意識できる選択であれ、無意識の選択であれ活動していますから、エネルギーを消耗《しょうもう》していきます。あまりにも多くの選択は脳を疲《つか》れさせます。脳の疲れが蓄積《ちくせき》すると、何か簡単《かんたん》なことを決めることさえ面倒《めんどう》だと感じるものです。

ストーリーに出てくるおかしな生き物は、そのすべての選択を行います。一日に3万5000回なら、365日で1277万5000回。起業するかどうかという重い選択も、今日何を食べようかという日常的な軽い選択も、一つ残らず決めていきます。そのすべてが成功者になるために有利なほうへと選択されていきます。おかしな生き物がすべての選択を行っているので、選択に疲《つか》れることもありませんし、選択のミスなんて起きようもありません。別の選択をしていたらもっとよかったかもしれないと思うことがあっても、今の選択のほうが間違いなくいいのです。こうしておかしな生き物に導かれていくことにより、拓馬の成功は約束されます。自分で選択をしていると感じながら人生を歩んでいけるのですから、こんなに便利な生き物はいないとも思えます。

しかし、身をゆだねるということは、それだけ多くの思考をおかしな生き物に依存《いぞん》することになりますから、拓馬の人生と呼べるのかという疑問《ぎもん》も湧《わ》いてきます。操られるだけの人生になってしまうという虚無感《きょむかん》もあるでしょう。本来ならAを選ぶ性格の拓馬が、サラッとBを選択するという場面もあるでしょう。多くの選択の過程で人格も変化していきますから、おかしな生き物によって成功するころの拓馬は、おかしな生き物に出会わなかった拓馬とは全くの別人になっているはずです。おかしな生き物との契約《けいやく》は、アイデンティティを失う選択であるとも考えられます。

おかしな生き物に、いくつかの選択だけしてもらえるという選択肢があったら、人気を集めるのでしょうか。

この世界はシミュレーション

　この春から高校生となった理香《りか》は、友人の佐奈《さな》と一緒《いっしょ》に登校するためにいつもの元駄菓子屋《だがし》の前で待っていた。

「なんだろ。高校生になって心機一転って思いたいけれど、中高一貫《いっかん》だからかなんだか退屈《たいくつ》。今ごろ麻衣子《まいこ》はカナダか～。なんでこんなに違《ちが》うんだろうな」

「理香～！　おまたせ！」

　小走りでやってきた佐奈と合流した理香は、代わり映《ば》えのしない今日がまた始まったと心の中でつぶやいた。今日もきっと、予想通りの一日を過ごすのだろう。きっと明日も。理香の心は最近ずっと鉛色《なまり》だ。

「どうしたの？　理香。なんだかこのごろ、ぼーっとしているときが多くない？　せっかくぴっかぴかのＪＫなんだしさ！　もっとほら、楽しもうよ」

「え？　つまらなそうに見えるかな。佐奈って、昔からいっつも楽しそうだよね」

「そのほうがトクじゃない？　人生一度っきりだし。悪いことあってもリセットボタン押《お》しちゃえばいいんだよ。死ななければセーフ」

理香は苦笑いをくっきりと浮《う》かべた。

その日の放課後、理香は図書室にいた。

「リセットボタン、か。私《わたし》には絶対に無理。でも、もし、人生今から始まりました！　なんていう気分になれたとしたら、新鮮《しんせん》でハッピーなのかなぁ？」

本を手に取るでもなく、次々《つぎつぎ》と背表紙《せびょうし》に書かれた字面《じづら》を追いながらなんとなく時間をつぶしていると、理香の耳に妙《みょう》な会話が入ってきた。隣《となり》のクラスの男子生徒たちだ。

「この世界は今日のついさっきに作られたんだ。ちょうど5分前に！　だから、この宇宙《うちゅう》の歴史は5分だけしか存在《そんざい》しない」

「なんだよそれ、オレ、15だぜ？」

「お前は、15歳《さい》で作られたんだよ。ついさっき、5分前に！　もちろんオレも、今いる図書室も、この本もな」

そう言うと男子生徒はテーブルから本を持ち上げぱらぱらとめくった。

「そんなわけないだろ〜。オレが昨日見た映画《えいが》、どうなっちまうんだよ。めっちゃ感動したんだぜ？」

「だから、映画を見た記憶《きおく》と共に作られたんだよ。お前は！」

「めちゃくちゃな話だな」

「でも、否定《ひてい》できなくないか？　これ、世界5分前仮説っていうんだ。結構真《ま》面目《じめ》に議論《ぎろん》がされていて、これは理屈《りくつ》ではひっくり返せないというか、本当かどうかなんて誰《だれ》にもわからないってことらしいんだ」

しばらくその話を聞いていた理香は、5分前に作られた世界が妙に気になった。

「この世が5分前に誕生《たんじょう》したということは、家にあるボロボロのソファは、わざわざボロボロの状態で誕生したということよね？　今日風邪《かぜ》をひいて休んでいる真鈴《まりん》は、風邪をひいてベッドに寝《ね》ている状態で5分前に……。今日、佐奈と待ち合わせた元駄菓子屋は、閉店《へいてん》した状態で5分前に……？　そんなわけないけれど……そうだったとしたら……？　いやいや、もしかしたらそうだったりするかも……！」

あなたが理香だったとしたら、「この世界は5分前に誕生したかもしれない」と考えますか？　それとも、「この世界が5分前に誕生したわけはない」と考えますか？

〈選択肢《せんたくし》1〉この世界は5分前に誕生したかもしれないと思う 60ページへ

〈選択肢2〉この世界が5分前に誕生したわけはないと思う 62ページへ

《選択肢1》この世界は5分前に誕生したかもしれないと思う

翌日《よくじつ》の朝、理香はいつもの元駄菓子屋の前にいた。

「この元駄菓子屋は5分前に閉店した状態でここに誕生した。昔は流行《はや》っていたけれど、店長の年齢《ねんれい》のこともあって惜《お》しまれつつ5年前に閉店というストーリー付きで。そう考えるとなんだか違った見え方になるなあ」

「理香〜！　おまたせ！」

いつも通り小走りで佐奈がやってきた。

「理香、何かいいことあった？」

「佐奈、この世界は5分前に誕生したの。そう考えると結構面白《おもしろ》くて」

理香が楽しそうに語る5分前に作られた世界の話を、佐奈は黙《だま》って聞いていた。

「いや、どう考えても私は15年生きているし、昨日の記憶もあるし、あの大木は500年はあそこにあるんだよ？　つじつまが合わないって」

「そういう状態で、5分前に生まれたのよ。全部そういう状態で。もしそうだったとしたら、気が楽になるっていうか、佐奈の必殺リセットボタンみたいでちょっと楽しいの」

「まあ、理香が楽しいならそれでいいんじゃない？」

教室に着いた理香は、さっそくクラスの友人にもこの話を始めた。

《選択肢2》 この世界が5分前に誕生したわけはないと思う

翌日の朝、理香はいつもの元駄菓子屋の前にいた。

「この元駄菓子屋は5分前に閉店した状態でここに誕生した。うーん。そう言われたって無理があるよなぁ。だって、昔は流行っていたけれど、店長の年齢が理由で5年前に閉店したわけだし、5分前にできたなんて信じられないよなぁ。無理がある仮説よね。これ」

「理香～！　おまたせ！」

いつも通り小走りで佐奈がやってきた。

「どうしたの？　難《むずか》しい顔をして」

「この世界は5分前に生まれたの。私たちは15歳の状態で。真鈴は昨日風邪で休んだけれど、今日も引き続きベッドの上にいるという状態で。木も山も、食べかけのパンも全部。これって信じられる？　ねえ、ちょっと真剣《しんけん》に考えてみてくれない？」

「5分前に？　真剣にって……ま、いいけど」

佐奈はしばらく黙って歩いていた。そして、学校に着く直前に決断を下した。

「どっちでもいいかな。5分前に生まれたとしても、私は今までずっと過ごしてる私なわけなんだし、何も変わらないよね？　結局のところ。それなら別に、どっちでもいいよ。でもさ、理香。なんかちょっと、楽しかった！」

2人は教室に着くと、さっそくクラスメイトにもこの話をすることにした。

解説

このストーリーは、イギリスの哲学者《てつがくしゃ》、バートランド・ラッセルによって提唱された「世界5分前仮説」を元にしたものです。ラッセルによる「この世界は実は5分前に始まったものかもしれない」という仮説は、一見ばかばかしい偏屈《へんくつ》なものに思えるかもしれません。しかし、考えてみると否定する材料が見つからないことに気が付きます。

温かいコーヒーも、5分後にちょうど今の温度になるように、5分前に作られたことになりますし、30分電話で話している人は、すでに25分話しているという記憶を持った状態で5分前に作られたことになります。

普通《ふつう》に考えればそんなはずはありませんし、私たちは長い歴史を持つこの宇宙の中に存在していることは疑《うたが》いのない事実です。しかし、これらの事実も、すべてが5分前に突如《とつじょ》誕生したのだという仮説を覆《くつがえ》すことのできる絶対的な理由にはならないのです。

この世界には、この「世界5分前仮説」のように確定できない仮説が数多く存在します。たとえば、霊視《れいし》などの超能力《ちょうのうりょく》を持つ人が度々《たびたび》テレビなどに登場しますが、超能力を信じていない人は多いでしょう。死後の世界やオーラはどうでしょうか。前世や来世の存在も調べるすべはありません。著者《ちょしゃ》が、これらについて、200人を対象にアンケートを取った結果は次のようになりました。

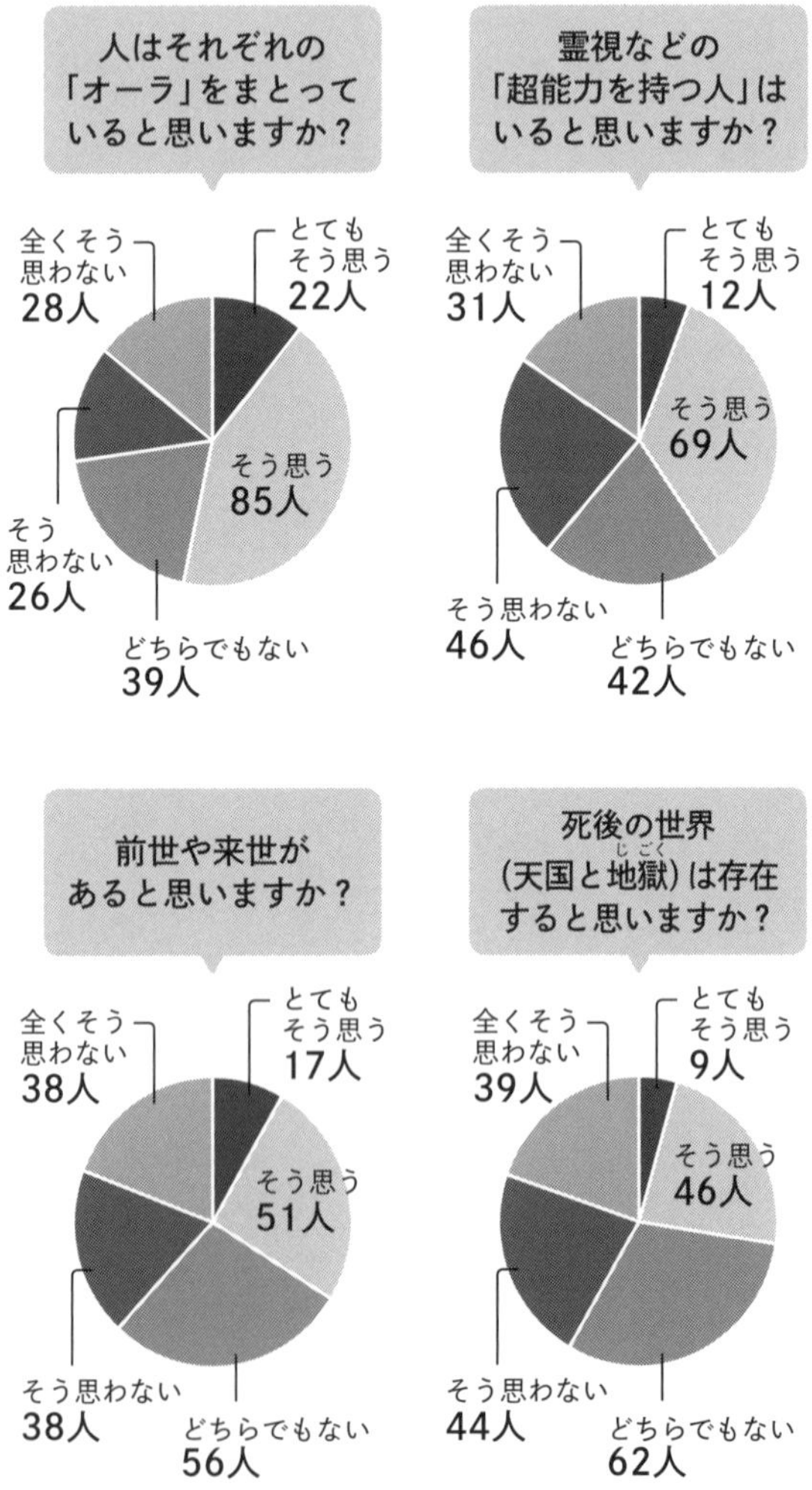

フランスの哲学者、ルネ・デカルトは「我《われ》思う、ゆえに我あり（私は考えている。だから私はここに存在している）」という、すべてのものの存在を疑う

ことはできても、そう考える自分自身の存在は疑うことができないという意味の言葉を遺《のこ》していますが、さて、目に見えているこの世界は真実なのでしょうか？

魅《み》力《りょく》数《すう》値《ち》化《か》システム

大学4年生の杉浦《すぎうら》レンは、人の魅力を数値化する研究に励《はげ》んでいた。

「性格や行動を分析《ぶんせき》してAさんやBさんが何を重視《じゅうし》しているかを割《わ》り出す。そして、Aさんから見てBさんがどの程度魅力的に見えるのかを数値化するんだ。その名も魅力数値化システム！」

「面白《おもしろ》いな、これ！」

杉浦の友人である三上勇太《みかみゆうた》は、杉浦がこのシステムを作っているというウワサを聞きつけ、この大学に遊びに来ていた。

「つまりつまり！　オレがオレ自身とターゲットをこれで分析するだろ？　そ

うすると、オレにとってターゲットがどのくらい魅力的なのかがわかるんだな？」

「うん。ターゲットを分析する時間が長ければ精度は上がるけれど、まあ、面白い遊びくらいに考えてくれよ。システムに頼《たよ》らなくても魅力は五感で感じるものだしな」

三上はすっかり魅力数値化システムに興味津々《しんしん》だ。

「へぇ、持ち運べるのか〜。これ、使ってみてもいいか？」

「いいけど、まだ研究中だし、結果を教えてくれよな」

「もちろん！」

三上には、想《おも》いを寄せてくれているエナと柚月《ゆづき》という2人の女性がいた。2人は三上と同じ大学に通っていて、エナは1週間前に、柚月は5日前に三上に想いを伝えていた。三上にとって、2人ともとても魅力的な女性だった。

三上は杉浦の研究を知って、自分に合う女性はどちらなのかを、魅力数値化システムを使って調べてみたいと思い立ったのだ。

「オレには見えない、システムにだけ見える魅力や欠点があるんじゃないか？」

三上は、借りてきた魅力数値化システムを使って、さっそく2人の魅力を調べてみた。三上は、その結果に驚《おどろ》いた。

「89点で2人とも同点……。そんなことってあるか？　まあ、確かに2人とも同じくらい魅力的だもんな～。……ん？　なんだ？　このマークは」

三上は、エナを調べた結果には顔のマークが、柚月を調べた結果にはハートマークがそれぞれ表示されていることに気が付いた。すぐに杉浦に電話をすると、杉浦はこう答えた。

「顔のマークは顔を整形してるというマーク。ハートマークは性格を整形しているマークだよ。最近記憶《きおく》の消去や改変で性格を変えるサービス、流行《はや》ってるだろ？　だから、それも分析できるようにしておいたんだ。あれ、言ってなかったっけ」

電話を切ると、三上は2度3度と魅力数値化システムに表示されたマークを凝視《ぎょうし》した。

「いやー、まてよ。つまり、エナは顔を整形していて、柚月は性格を整形しているってことだよな？　2人ともオレにとっては最高に魅力的なんだけど……」

2人のうちどちらかとお付き合いを、と考えていた三上は大いに悩《なや》んだ。

《選択肢《せんたくし》1》顔を整形しているエナを選択する 74ページへ

《選択肢2》性格を整形している柚月を選択する 76ページへ

《選択肢1》　顔を整形しているエナを選択する

三上は悩みに悩んで、結論《けつろん》に達した。

（やっぱり、もともとの性格が自分と合っているということは大きな魅力なんじゃないか？　なんとなく、性格の整形って怖《こわ》い気もするしな）

「私《わたし》を選んでくれるのね」

エナは選ばれたことを大いに喜んだが、すぐに視線《しせん》を下に向けた。

「実は、黙《だま》っていたことがあって……」

「黙っていたこと……？」

三上は静かにエナの次の言葉を待った。

「私、整形しているの。目元とか、鼻筋《すじ》とか、いろいろ」

エナが黙っていたことが、すでに自分の知っている内容であったことに安心した三上は、笑顔で答えた。

「なんともないよ。そんなの。キレイになろうとすることって素敵《すてき》だと思うよ。ただ、エナの体には負担《ふたん》だったと思うから、ちょっとそれが心配だけどね」

(杉浦のやつ、マジで天才だよ。知らなかったら絶対ビビったもんな)

三上は魅力数値化システムに大いに感謝した。

《選択肢2》 性格を整形している柚月を選択する

三上は悩みに悩んで、結論に達した。

（性格って徐々《じょじょ》に変わっていくものって感じもするし、自分の嫌《いや》な部分とか癖《くせ》とか、そういうのを抱《かか》えて生きていくのって辛《つら》かったりするし）

「私を選んでくれたんだ！」

柚月は小さくジャンプした。しかしすぐに心配そうな顔で三上の目を見た。

「どうしたの？」

三上が聞くと、柚月は少し間を空けてから口を開いた。

「私、一部の記憶を消去したの。別の記憶を植えつけたりもした。自分の性格の嫌な部分を直すことができるっていうからやってみたの。だから、性格を整形しているわけ。嫌じゃないかな……」

すでに知っている内容でよかったと思った三上は、笑顔で答えた。

「いいんじゃない？　なかなか自分の嫌な部分って直せないものだし、それを整形に頼ってみるっていうのも悪い選択じゃないと思う」

「よかった。伝えるの、結構怖かったから。でも、言わずにお付き合いするのはできなくて」

（いや〜、心の準備をしておけてよかった）

三上は魅力数値化システムに大いに感謝した。

解説

容姿《ようし》と性格のどちらを重視するか、そんな選択を耳にしますね。顔の整形については賛否《さんぴ》あるものの、する、しないは別として、美容整形という言葉自体には抵抗《ていこう》のない人も増えているでしょう。それだけ社会に浸透《しんとう》していて、イメージもしやすいものになってきています。一方で、性格の整形については、現在はまだ実現できていないものです。

では、性格を整形するということを考えてみましょう。まず、性格と整形という言葉が結びつかずに違和感《いわかん》を覚えるかもしれません。整形という言葉を辞書で引くと、「形をととのえて正しくすること（広辞苑《こうじえん》）」とあります。性格は脳《のう》で作られるので、脳の一部をととのえて自分の思うように変化させることというイメージです。顔などの整形に対して、そう呼《よ》ばれるサービスが未来に登場するかもしれません。さて、性格は気持ち次第《しだい》で変えることができるものというイメージがありますね。もっと人に優《やさ》しくなろうとか、あの人みたいになりたいとか、自分次第で変化していけると思えるでしょう。

それでも、遺伝子《いでんし》によって決まる部分も多々《たた》ありますし、一度身に付いた癖や考え方はなかなか変わりません。ただ、生まれてからどのような環境《かんきょう》に身を置いていたかで性格は大きく変わっていきますから、性格というのは変えられるものといえるでしょう。

このストーリーの三上は、顔と性格のどちらを整形しているほうがよりいいかを選択するために悩みました。特に、未知の技術である性格の整形についてどう考えるかが選択を分けることになります。

著者《ちょしゃ》が行ったアンケートでは、顔を整形したエナを選ぶ人が62％と多数派《は》となり、性格を整形した柚月を選んだ人は38％でした。未知の技術である性格の整形よりは顔の整形のほうがまだ受け入れられるという意見が散見されました。このほかにも、消去法で選択をした人が多く、エナにも柚月にもあまりいい印象はない人が多いという結果となりました。

顔と性格では性格を重視する人が多く、そのため、もともと性格が自分にとって合っているエナに軍配が上がったという結果となりました。性格は揺《ゆ》れ動くものであるという認識《にんしき》から、整形しても元に戻《もど》ってしまうのではと心配する声もありました。

性格を重視する人の中には、自分の悪い部分と向き合い、それを改善《かいぜん》させたいという気持ちがあるから性格を整形したのだと考えて、柚月を選択する人もいました。たとえ悪い部分であっても、それを改善するのは怖い気持ちもあるでしょう。消極的な自分が嫌で、それを悪い部分と感じていた人が、積極的になれるような整形をするとして、積極的になったことによる変化にとまどいや不安を感じるのは正常な感覚です。それでも性格を整形するほど強い意志があったとも感じられます。

もし、顔か性格か、どちらかを安全に整形できるとしたら、どちらを整形したいと思いますか。また、魅力数値化システムが実現するなら利用してみたいでしょうか。

手《て》渡《わた》された300円

森本聡《もりもとさとし》はオレンジジュースの入ったグラスを片手《かたて》に店内を見回していた。

(この店の客層《きゃくそう》は……。女性の一人客が多いな。比較的《ひかくてき》短時間でさっと食べて帰る客が多いか。ランチタイムだけど空席が目立つな)

森本の会社は、飲食店向けの売り上げ向上プランを提案するサービスを行っている。そのため、森本はいつもいろいろな店を観察して回っているのだ。

ある日、森本は朝から商店街にある喫茶店《きっさてん》に来ていた。

「なかなか居心地のいい店だな。チーズトーストもなかなかおいしかったし。流行《はや》らないのが不思議なくらいだ」

コーヒーを飲み終わると、ゆっくりと席を立った。

「さて、今日は朝メニューのある店をあと2か所回らないといけないから忙《いそが》しいな」

森本が次の目的地に向かってテンポよく歩いていると、目の前の大きな踏切《ふみきり》の遮断機《しゃだんき》が下り、矢印が赤く光った。

「今どき、こんな単純《たんじゅん》な遮断機なんてめずらしいな。俺《おれ》が子どものころにはたまに見かけたけど、今はすべてＡＩ監視《かんし》システム付きか、高架《こうか》化していると思っていたな。まだ工事が追いついていないんだろうか……」

肩《かた》の力を抜《ぬ》いた森本がスマホでニュースを見ていると、そのすぐ左を息を荒《あら》くした少年が駆《か》け抜けていった。森本はとっさに視線《しせん》を前に向けた。すると、少年は転がるボールを追いかけて、迷いなく遮断機を持ち上げて踏切内に立ち入ったのだ。

「危《あぶ》ない!!」

大声で叫《さけ》ぶと、森本は少年を追って遮断機を勢いよく押《お》し上げた。手前の線路を越《こ》え、向こう側の線路に踏み込《こ》む少年。電車はすぐそこまで迫《せま》っていた。森本は少年の右腕《うで》を強引《ごういん》につかむと、力いっぱいに引っぱった。はずみで2人は手前の線路上に倒《たお》れ込んだ。

森本の視界《しかい》には、踏切に設置された緊急《きんきゅう》停止ボタンを押す女性の姿《すがた》と、こちらに駆け寄る2人の男性の姿が入り込んでいた。

「大丈夫《だいじょうぶ》ですか！」

駆け寄った2人の男性は、森本と少年を踏切の外まで連れ出すと、安堵《あんど》の表情を浮《う》かべた。次の瞬間《しゅんかん》、少年の両親らしき人が走ってきた。

「ルイ！」

「ありがとうございます。ありがとうございます！　私《わたし》たちはルイの親です」

ルイと呼《よ》ばれた少年の母親は森本たちに向かって何度も頭を下げ、目には涙《なみだ》を浮かべている。

森本と少年を踏切内から連れ出した男性の一人が、森本が線路内に助けに入ったことを、ルイの両親に説明した。すると、ルイの父親は森本の前に歩み寄り、ポケットから何かを取り出して森本に手渡した。

「本当にありがとうございました」

ルイの両親は、森本たちに一礼し、周囲の人にも軽く頭を下げ、ルイの手をしっかりと握《にぎ》りしめてその場を離《はな》れていった。

森本は、右手を開いてルイの父親から手渡されたものを見た。そこには100円玉が2枚と、50円玉2枚があった。

《選択肢《せんたくし》1》

300円のお礼はあったほうがよかったと思う

88ページへ

《選択肢2》

300円のお礼はないほうがよかったと思う

90ページへ

《選択肢1》 300円のお礼はあったほうがよかったと思う

森本は昼食をとるために、今流行りのお店に足を運んだ。

「繁盛店《はんじょうてん》は研究しておかないと」

席に着くと、森本は朝の出来事を思い出していた。

(朝食メニューのある店、あの後は結局回れなかったな。まあでも、人助けができてよかった。しかし、ルイ君のお父さん、なんで300円を渡してきたんだろう?)

森本は店のメニューを手に取ると、チェックを始めた。

(写真が明るくて食欲《しょくよく》をそそるな。オムライスが看板《かんばん》メニューか)

注文するメニューを決めると、再び朝のことが頭をよぎる。

（300円をくれたのは、もしかしたらルイ君のお父さんがあの場でできる精《せい》一杯《いっぱい》だったのかな？　気が動転していて、何かしなければと思ったのかもしれない。別に、何かもらおうとは思ってなかったけれど、お礼をしようとしてくれた気持ちは嬉《うれ》しいじゃないか。せっかくだし、何かおいしいものでも買って帰ろうかな）

その日、森本はちょっとリッチなプリンを一つ買って帰宅《きたく》した。

《選択肢2》 ３００円のお礼はないほうがよかったと思う

森本は昼食をとるために、今流行りのお店に足を運んだ。

「繁盛店は研究しておかないと」

席に着くと、森本は朝の出来事を思い出していた。

（朝食メニューのある店、あの後は結局回れなかったな。まあでも、人助けができてよかった。……でも）

森本は右手を開いた。どうしても父親から渡された３００円が引っかかっていたのだ。

（俺のしたことは３００円の価値《かち》ということなのだろうか）

テーブルに置かれた水を少し口に運んでさらに考える。

（300円を渡したことで、ルイ君のお父さんは感謝はした、ということにしたかったのだろうか。お金をもらおうと考えて行動したわけじゃないし、300円もらうくらいなら何もないほうがよかったたな。やっぱり、あの場でお金を渡すって、やっぱりちょっと違《ちが》うんじゃないかな……。なんとなく、ルイ君の命が300円？　みたいになってしまう気もするし……）

森本はあれこれと考えてしまう自分を振《ふ》り切るように、店のメニューをじっくりと見始めた。

（300円のことは忘《わす》れよう）

解説

ただ単に、「300円が手に入る」「何も手に入らない」の2つを比較《ひかく》した場合、「300円が手に入る」ほうが好ましいでしょう。それなのに、300円を受け取らないほうがいいという選択肢が出てくるのはなぜでしょうか。

このストーリー「手渡された300円」の場合、ただ単に「300円が手に入る」のではなく、「その300円に意味が付いてしまう」と感じるため、単純な比較ができなくなるのです。

多くの人が300円に引っかかる理由として次のような心理があげられます。

・助けた対価が300円と感じてしまう
・ルイの命に300円という値段《ねだん》を付けてしまう
・森本の行動に対して300円は安すぎる
・連絡《れんらく》先を聞いて菓子《かし》折りを渡すなら理解できるが、300円はあり得ない
・助けられたお礼として、現金は好ましくない

もし、ルイの両親が、ただお礼だけを言っていたとしたら、こういった思考が生まれることはありませんでした。

もちろん、このストーリーの森本は、お金のために行動を起こしたわけではありません。ただ、少年を助けようと思って線路内に入りました。お金をもらおうなどという気持ちはほんのわずかもなかったでしょう。だからこそ、心からのお礼が森本の心を最も満足させるものだったのだと想像できます。

現金でのお礼は場合によって失礼にあたることも多く、このストーリーも森

本に対して失礼と捉《とら》えられる可能性のあるシチュエーションです。ルイの両親は、あの場では森本の連絡先を聞いておき、後から菓子折りなどを用意してお礼をする方法がよかったのでしょう。

しかし、お礼の仕方は人それぞれで、ルイの父親は感謝のしるしとして、とっさにお金を渡そうと考えたのかもしれません。もしそうだとしたら、気持ちよく受け取るのも一つの場の収《おさ》め方という考え方もあります。

お礼は値段よりも、気持ちが大切と考える人は多いでしょう。心がこもっていない高価な品よりも、安価でもその人のためにと念入りに選んだ品のほうが嬉しいと感じるものです。

今回のストーリーの範囲《はんい》では、ルイとその両親の背景《はいけい》がわからないため、様々《さまざま》な想像を巡《めぐ》らせる回答もありました。きっと両親はお金に困《こま》っている中で、それでも森本に何か渡《わた》したくてなけなしの300円を出したのだと解釈《かいしゃく》する人、父親も気が動転していてこれが精一杯だったのだと解釈する人。背景によって300円の見え方はどう変わるのか、想像してみると、視点《してん》を増やす思考ができそうです。

あなたが森本だったとして、あの場で最も嬉しいと感じるルイの両親の行動はなんだと考えますか？

便利な脳内《のうない》チップ

曇天《どんてん》の真昼。室内灯に照らされた部屋のソファで、戸田麗華《とだれいか》が眠《ねむ》たそうな目でモニターを眺《なが》めている。

「あれ？　寝《ね》てたかな。さっきの問題の答え、なんだったんだろ。まぁ、いいか」

番組が終わったらしく、モニターには次々《つぎつぎ》と宣伝《せんでん》が流れてくる。

「この小さなチップを脳内に埋《う》め込《こ》むだけであなたのすべてを助けてくれる！

さあ、あなたもブレイアを取り込んで快適な便利生活を！」

「最近脳にチップを埋め込む系《けい》の商品多いよな」

麗華はブレイア以外にすぐに2つの商品を頭の中に思い描《えが》いた。

「最先端《さいせんたん》だから、まだ使っている人はかなり少ないけど。私《わたし》が知っている人の中には一人もいないし。あっ、芽衣《めい》がこの前手術してたっけ。ちょうどこのブレイアだったような」

脳内チップはここ数年で利用者が急増している。脳内チップがあれば、あらゆる言語の辞書や、天気、ニュースなどの情報に、頭で考えるだけで瞬時《しゅんじ》にアクセスできるし、欲《ほ》しいものがどこに売っているかもすぐに教えてくれる。地図も搭載《とうさい》されていて、現在位置もすぐに把握《はあく》できる。

ブレイアは、さらに革新的《かくしんてき》なアイデアが採用された最新の脳内チップである。利用者の心理や思考を読み取って、今欲しいものをピックアップしてくれる。商品情報にも容易にアクセスできて、いいと判断したなら、ブレイアが購入《こうにゅう》手続きを進めてくれる。

〝あなたは指一本動かさずに自分の好きなものを手にすることができる〟

というのがブレイアのキャッチコピーだ。

「指一本動かさずに……？　ブレイアを使っている芽衣にちょっと使い心地を聞いてみようかな？」

翌日《よくじつ》、友人の芽衣の家に遊びに行った麗華は、さっそくブレイアについて聞いてみた。

「すごいよ！　ブレイアは私のことなんでも知ってるんだよ！」

芽衣は興奮《こうふん》ぎみに使用感を伝える。

「だって、私が欲しいと思ったことのないものまでリストアップしてきて、それがもう、まさに私の欲しいものなんだよね。すごくない？　びっくりするよ。牛乳《ぎゅうにゅう》とか、野菜とか、スーパーで買うようなものも、うまく送料もかからないように選んでくれるんだよね。ほら、私、送料無料になるラインまで買いたいタイプだから！　買い忘《わす》れとか、ブレイアを入れてから一度もしたことがないの」

「そうなの!?　魔法《まほう》みたいね。自分が本当に必要としているものをブレイアが教えてくれるんだ」

「そ！　まさに相棒《あいぼう》よ！　確実に私の味方をしてくれる、なくてはならない存《そん》在《ざい》って感じだよ。本当におすすめ！」

麗華は今まで知っていただけであまり興味も示さなかった脳内チップが気になり始めていた。

《選択肢《せんたくし》1》脳内チップ「ブレイア」を脳に埋め込む 102ページへ

《選択肢2》脳内チップ「ブレイア」を使わない 104ページへ

《選択肢1》 脳内チップ「ブレイア」を脳に埋め込む

空は晴れわたり、気温は35度。危険《きけん》な暑さにいくつかの警報《けいほう》が出ている。麗華はブレイアについてさらに詳《くわ》しく調べることにした。

「ブレイアがあれば、買い間違《まちが》いなんてしないわけだよね。ここのところ暑くて、携帯扇風機《けいたいせんぷうき》が欲しいなって思っているんだけど、選ぶのが面倒《めんどう》くさくてまだ買えてない。だいたい、携帯扇風機がベストな選択なのかもよくわからないんだよね。ブレイアがあれば面倒なことは全部やってくれる。きっと私に携帯扇風機が必要なら、ピッタリのものをブレイアが探《さが》してくれていて、すでに手元に届《とど》いているんだろうなあ。どう考えても便利だよね。うん。間違いなく便利だよ」

それから2週間が経《た》ったある日、麗華は、とある病院の手術室にいた。

「では、脳内チップを埋め込む手術を行いますね」

「お願いします」

麗華は静かに目を閉《と》じた。


1時間後、麗華は看護師《かんごし》の声に導かれて目を覚ました。

「終わりましたよ。術後の検査も異常《いじょう》なしです。あと1時間くらい休憩《きゅうけい》してから お帰りください」

(楽しみだな。私の相棒ができたのね。心強いな。……あっ、さっそくおいしそうなスイーツがリストアップされてきた。全部私好み。さすがブレイアね)

《選択肢2》脳内チップ「ブレイア」を使わない

この日、麗華は寝室《しんしつ》に置くベッドサイドランプを買うために家具店に来ていた。

（これ、かわいい～。でも、ちょっと高いな。こっちはライトの色が好みだけど、形がちょっとな）

2時間後、麗華はようやく納得《なっとく》する商品を選ぶことができた。店を出て、家具店の近くにあるスーパーに寄ると、果物売り場の圧倒的《あっとうてき》な品ぞろえにたじろいだ。

（おお……。自宅《じたく》の近くのスーパーと全然違う。梨《なし》を買いに来ただけなのに、なに、この種類……。ど、どれがおいしいんだろ……）

自宅に向かうために電車に乗った麗華は、ブレイアのことを考えていた。

（ブレイアがあればベッドサイドランプを買うために2時間なんてかからないし、私が好きな梨を1秒で選んで自宅に届けてくれるのかもしれない。でもそれってちょっとつまらないよね？　私が決めたいこともブレイアに決められてしまう気がするし、欲しいものは自分で選びたいって思うし。やっぱり私にはブレイアは必要ないかな）

ブレイアを使わないと決めた麗華は、勢いよく自宅の玄関《げんかん》ドアを開けた。

「ただいま〜！」

（明日は庭に置くプランターを選びにホームセンターに行こう）

解説

脳と機械をつなぐ技術はBMI《ビーエムアイ》（Brain Machine Interface）と呼《よ》ばれ、世界各地でその開発が進められています。脳内に小さなチップを埋め込むことで、そのチップを介《かい》して脳に情報を書き込んだり、脳の情報処理《しょり》に関わったり、思考を読み取ったりと、その可能性は大きなものです。しかし、開発以外にも、この技術にはクリアしなければならない問題がいくつかあります。

たとえば身体への影響《えいきょう》は問題の一つです。機械である以上、メンテナンスは必要になるでしょうし、交換《こうかん》ということになれば大作業になってしまいます。さらに、思考と結びつくため、倫理的《りんりてき》な問題には慎重《しんちょう》になる必要があるでしょう。

現在、病気や事故で体を思うように動かせない人が、意思を外部に伝えるために脳内チップの技術を使おうという段階《だんかい》まで進んでいます。多くの現場で活用されている、視線《しせん》で伝える透明文字盤《とうめいもじばん》を使ったコミュニケーションは、言葉を表現するために多くの労力と時間を必要とします。それをコンピュータで行う視線入力型の意思伝達装置《そうち》もありますが、普及《ふきゅう》は進んでいません。使えるようになるための訓練が必要な上、意思伝達のもどかしさを十分に解消するものではないでしょう。脳内チップの力で、思考をパソコンに伝え、操作《そうさ》をする。これが可能になれば当事者は様々《さまざま》な表現をパソコン上でできるようになり、生活の質は大きく向上するでしょう。

その半面、思考をどこまで読み取られてしまうのか？　その情報が利用されないか？　さらには、脳内チップに思考を制御《せいぎょ》されてしまうことはないか？　など、今までになかった心配が浮上《ふじょう》してきます。

このストーリーのブレイアは、欲しいものをピックアップしてくれる機能があります。芽衣は「ブレイアは私のことをなんでも知ってる」と語り満足していますが、もしかすると、ブレイアによって欲しくもないものを「欲しいもの」と思い込まされている危険性は考える必要がありそうです。

一方で、買い物に行って、後から考えると欲しくもないものを買ってしまったり、ネット通販《つうはん》で勘違《かんちが》いや見間違いによる買い物をしてしまったりと、時間をかけた上に後悔《こうかい》してしまうことも多いものです。ブレイアは機械ですから、このような人的ミスはなく、その人にピッタリなものをすすめてくれます。

ブレイアは利用者の思考を読み取っていますから、そのデータはブレイアを販売《はんばい》している会社に何らかの形で蓄積《ちくせき》されているかもしれません、知られたくない思考を知られてしまうと抵抗《ていこう》を感じるのかも、選択の上での一つの判断材料になるでしょう。

脳内チップによる利用者の生活への補助《ほじょ》は近未来に実現するかもしれません。

あなたならどの部分をどのようにサポートしてほしいと考えますか？

ヒルベルトホテル

ここは未来のホテル。毎日大勢の客が転移ゲートをくぐってやってくる。地図上には存在《そんざい》しないこのホテルの名前は「ヒルベルトホテル」という。このホテルに勤《つと》め始めたばかりの木田《きだ》ヒナタは、今日も大勢の客の対応に大忙《おおいそが》しだった。

「342人です」

旅行会社の社員だという女性はこのホテルを常用していた。

「かしこまりました」

木田はチェックインの手続きを素早く行っていく。

「昨日もお客様を５００名程度お連れしました。予約が不要なのにいつ来ても部屋が空いてますけれど、何部屋あるんですか？」

「えっと……」

木田はこの質問が苦手だった。このホテルには無限の部屋があるといわれてすんなり信じる人はいないだろう。しかし、これは事実なのだ。もちろん木田はすべての部屋を見てなんかいない。ただ、延々《えんえん》と部屋が続いていることはわかっているし、実際に何人客がやってきても泊《と》まれなかったことなどないのだ。

確かにこのホテルの客室の数は無限なのだ。

「無限の部屋がある、というご説明をしています」

「無限？　そう言いたくなるくらい多いのだということですか？　本当に助かっているんですよ。予約なしでこんなに大勢を受け入れてくださるんですから。無限といううたい文句にも頷《うなず》けます」

翌日《よくじつ》、夕方に出勤《しゅっきん》をした木田は驚《おどろ》きの光景を目にした。

＊本日満室＊

「満室!?　初めて見た」

目を丸くする木田に、先輩《せんぱい》の川本《かわもと》が声をかける。

「木田、満室は初めてか？　まあ、大丈夫《だいじょうぶ》だ。満室でもお客様は受け入れられるから」

「は、はい？　満室っていうのは、満室だからつまり……すべての部屋にお客様がいるということではないのですか？」

「そうだねぇ。1号室からずーーーっとお客様が使用されている。木田が思いつく限りの数の番号が付けられた部屋はすべてお客様が使っているんだよ」

満
満
満
満
満

（えっと、それでも新たなお客様を迎《むか》えることができる……？　そんなはずはないだろう？　満室なわけだし……。どの番号の部屋にもお客様がいるわけだろう？）


「すみません。一人なのですが、泊まれますか？」

「申し訳《わけ》ございません。ただいま満室でして……」

木田は反射的《はんしゃてき》に満室と口にしていた。

「そうですか。でも、ここに泊まれないと困《こま》ってしまいまして……。なんとかなりませんか？」


すると、川本が小走りで近寄って来た。

「お客様！　ヒルベルトホテルにようこそいらっしゃいました！　少々《しょうしょう》お時間をいただきますが、よろしいでしょうか」

「少々というのは、どのくらいの時間ですか？」
「30分くらいでなんとかなるとは思うのですが」
「わかりました。ここで待たせていただきます」

さて、川本はどうやって一人の客を泊めようと考えたのでしょうか？

《選択肢《せんたくし》1》　満室で泊まれないのでロビーの角に臨時《りんじ》で部屋を作る
116ページへ

《選択肢2》　なんとかして客室に泊める
118ページへ

《選択肢1》満室で泊まれないのでロビーの角に臨時で部屋を作る

木田は川本の言うことが全く理解できなかった。

「川本さん、部屋は満室です。100号室にも、9780号室にも、1兆号室にも、550京《けい》号室にもお客様がいらっしゃいます！　どうするのですか？」

川本は笑顔で何やら作業をしている。

「木田、そこの本棚《ほんだな》にマニュアルがあるから読んでごらんよ」

「はい」

木田がマニュアルを読んでいると、川本に6兆8566億12号室から呼《よ》び出しが入った。

「おおっと、木田、マニュアル通りにやってみてくれる？　戻《もど》ったらフォローするから思う通りにやってくれていいよ」

木田はマニュアルに書いてあることがいまいちわからなかった。

「1号室の客は2号室に移動、2号室の客は3号室に移動……これを無限の部屋に対して行えば、1号室が空くから、そこに新たなお客様に泊まっていただく……？」

「とりあえず、ロビーの角に臨時で部屋を作っておこう。ソファと折り畳《たた》みベッドがあるからなんとかなるさ。あとは川本さんにお願いしよう」


新たな客は木田に感謝しながらロビーに作られた部屋に入っていった。

「なかなか居心地がいいですよ！」

「ありがとうございます。係の者が戻りましたらお声をかけさせていただきますので、しばらくお休みください」

木田はフロントに入って川本を待つことにした。

《選択肢2》 なんとかして客室に泊める

木田は川本の言うことが全く理解できなかった。

「川本さん、部屋は満室です。100号室にも、9780号室にも、1兆号室にも、550京号室にもお客様がいらっしゃいます！　どうするのですか？」

川本は笑顔で何やら作業をしている。5分後、すべての客室に放送が入った。

「フロントの川本でございます。ただいまこのホテルは満室でございますが、今1名のお客様がいらっしゃいました。お手数ですが、お荷物をすべて転移装《そう》置《ち》の上に載《の》せてください。お荷物がすべて転移装置の上にあることを確認《かくにん》されましたら、お客様自身も転移装置の上にお乗りくださいませ。20分後に転移をさせていただきます」

20分後、すべての客たちは今よりも一つ大きい部屋番号の部屋に転移した。

「お客様、1号室が空きましたのでどうぞお使いください」

「ありがとうございます！　わざわざ空けてくださるなんて申し訳ないです。でも、こんなことをしなくても、最後の部屋に私《わたし》が泊まればよかったのではないでしょうか？」

それは木田がまさに聞きたかったことだった。川本はあっさりとこう答えた。

「お客様、このホテルは無限の部屋があります。最後の部屋なんて存在しないのですよ」

「そ、そうなのですか。よくわかりませんが、1号室をありがたく使わせていただきますね。それでは」

客はゆっくりと1号室に向かった。

解説

ヒルベルトホテルは数学的に正しいのに、直感に反するというパラドックスとして有名です。発案者であるドイツの数学者、ダフィット・ヒルベルトの名前を取って、「ヒルベルトホテルのパラドックス」と呼ばれています。

ストーリーの木田はどの番号の部屋にも客が泊まっているのに、新たな客が泊まれることに困惑《こんわく》しました。これは、木田が無限ではなく有限をもとに考えたからです。

ここで、身近な無限に触《ふ》れてみましょう。1を3で割《わ》って、小数で表してください。

答えは0・3333……ですね。では、0・3333……に3をかけてください。答えは0・9999……です。なぜ、1ではないのでしょうか？　先ほどの計算も分数で行えば1÷3＝1/3　1/3×3＝1となり、なんの問題も起きません。同じ計算をしているのだから、答えが違《ちが》うことはないはずです。

　実は0・9999……と1は完全に同じ数なのです。いや、0・9999……は、1に0・0000……1足りないのでは？　と思うかもしれませんが、最後の1は永遠にやってきません。0・9999……の〝……〟は、無限に9が続くという意味なので、1は永遠に現れないのです。ですから、1にするために足りないと感じている数は0・0000……と、0が永遠に続く数、つまり0なのです。

　このように、無限の世界は直感ではわかりにくい世界です。ヒルベルトホテルには無限の部屋があります。考えられるすべての番号の部屋に客がいたとしても、すべての客は今いる番号の次の部屋に移ることができます。いや、それだと最後の1部屋は空いていたことにならないか、と思われるかもしれません。それは有限の世界で考えているからです。部屋は無限に続いているのですから、最後の番号が書かれた部屋というものは存在しません。

しかし、無限に続いているものにも、必ず始まりは存在します。たとえば、永遠に数が続くことで知られている円周率は3・1415……と、3から始まります。ちなみに、2022年に円周率は小数点以下100兆桁《けた》目まで計算されました。100兆桁目の数字は0だそうです。2024年には105兆桁目が6であるという計算結果がはじき出されました。想像のつかない桁数ですが、円周率は無限に続いていますから先にあるのは永遠に続く数です。

ヒルベルトホテルには最後の番号の部屋はありませんが、最初の番号の部屋である1号室は存在するので、新たな客を1号室に泊めることができたのです。

才能発見！ 遺伝子《いでんし》検査

真鍋凛子《まなべりんこ》の夫である徹《とおる》は、リビングの椅子《いす》に腰《こし》かけ、定期購読《こうどく》している雑誌《ざっし》の遺伝子チェック特集に目を通していた。凛子はコーヒーカップを2つ持って隣《となり》の椅子に腰かける。

「50年前は、遺伝子から将来《しょうらい》かかりやすい病気を予測するくらいしかできなかったそうよ」

「そうだったみたいだな。今はいろんなことがわかるんだな。将来かかる病気もかなりの精度で危険《きけん》度を示してくれる。少し値《ね》は張るが、今度一緒《いっしょ》に受けてみようか」

凛子はテーブル上にあったチョコチップクッキーに手を伸《の》ばした。

「私《わたし》はちょっと怖《こわ》いかしらね。ついでにオプションで30年後の姿《すがた》なんて調べてこないでよ」

「ああ、あの、肥満細胞《さいぼう》の数や皮膚《ひふ》の様子や歩き方なんかも加味して30年後のあなたを激写《げきしゃ》するとかいうサービスな。あれは余計なお世話だろう。ん？　どうかしたのか？」

徹は、開いた雑誌の1ページをじっと見つめる凛子に気が付いた。そこには、こう書かれていた。

〝遺伝子検査であなたの才能が可視化《かしか》される！　無駄《むだ》な努力より実る努力が成功への近道だっ！〟

「湊《みなと》の才能が気になるっていうところか？　研究者になりたいんだもんな。まあ、才能がそこそこでも、どこかに雇《やと》ってもらえれば大丈夫《だいじょうぶ》だろう？」

「あの子はすぐ周りと比較《ひかく》しちゃうところがあるでしょ？　周りの人たちがみんな自分より才能があるって感じたら、ちょっとねぇ……」

「凛子、湊にはきっと才能があるさ、だからそんなに心配しなくても」

ふうっと息を吐《は》き、凛子は椅子から立ち上がった。

「ちょっと待ってて」

凛子は自室にある机《つくえ》の引き出しから封筒《ふうとう》を取り出し、リビングに戻《もど》った。何かを予感したような徹の目が凛子に向けられる。

「凛子、もしかして調べたのか？」

「だって、湊ったら、高校に入ってから特に理系《りけい》の成績が伸びないじゃない？本人も悩《なや》んでいるし、励《はげ》ましたいと思って湊には黙《だま》って申し込《こ》んだのよ」

徹は静かに封筒からシートを取り出した。シートには湊の才能一覧《いちらん》が記され

ている。湊が目指す職業に関わる才能は低く100点満点で30点程度だった。一方で、スポーツインストラクターや教師、営業職など、湊が全く考えていない職業に、70~75点とまずまずの高い評価が出ている。

「うーん……これは、ひどいな」

「でしょう？　しかも、90点を超《こ》えるような際立った才能があるものも見つからないのよね。それでも、才能が全くないよりは、普通《ふつう》よりあるっていう職業を目指したほうが本人のためだと思うんだけど……。やっぱり言いだせなくて。せっかく一所懸命《けんめい》に頑張《がんば》っているしねぇ……。才能がなくても努力次第《しだい》っていうところもあるし」

「だが、今の時代、才能がある分野を伸ばしてくる若者《わかもの》も増えている。今のうちから湊も才能がある分野で経験や知識を積んだほうがいいだろう。湊に伝えないか？　このシートを見せて、才能があるものの中から興味が湧《わ》きそうなものを選ばせればいい。才能があると言われればやる気になるだろう？」

湊にシートを見せるべきだろうか？

〈選択肢《せんたくし》1〉湊にシートを見せたほうがいい 130ページへ

〈選択肢2〉湊にシートを見せないほうがいい 132ページへ

《選択肢1》 湊にシートを見せたほうがいい

「湊、話がある」

土曜日の夕食後、徹はリビングで湊に声をかけた。そして、湊の才能一覧が記されているシートを裏返《うらがえ》しにして湊の前に置き、こう言った。

「湊、実は凛子が湊のいろんな職業の才能を見る遺伝子検査を申し込んだ。勝手なことをしたと思うだろうが、湊を心配してやったことなんだ」

湊は突然のことに驚《おどろ》きながらも、シートに手を伸ばした。徹はさらにこう続ける。

「このシートに書かれていることは参考程度にしてほしい。湊には無限の可能性があるし、遺伝子検査でどれくらいのことがわかるのか、僕《ぼく》は半信半疑《はんしんはんぎ》だ。だけど、湊に結果を知ってもらうことで、自分の将来を広い視野《しや》で見渡《みわた》すことができるんじゃないかって思うんだ。もちろん、湊が見たくないなら見ないのもいいと思う」

「見るよ」

徹は、湊の心拍数《しんぱくすう》が上がるのを感じた。湊はシートを勢いよく取り上げると、じっくりと眺《なが》めた。

「うわ……30点。マジか……。スポーツインストラクターとか、興味ないしな」

高校3年生の冬、湊は大学の教育学部への進学を決めた。

「保険に教員免許《めんきょ》は取っておいて、研究者を目指すっていうのもアリだと思って。営業職に向く才能はどこでも活《い》かせそうな気がするしね」

「なかなかの選択だわ。とってもいいと思う」

凛子は湊の成長に目を細めた。

《選択肢2》 湊にシートを見せないほうがいい

悩《なや》みに悩んだ凛子は徹にこう伝えた。

「やっぱり見せるのはやめておくわ」

「そうか」

「だって、湊の許可を得ずに勝手に調べてしまったし、このシートのことを気にして、将来の自分への期待が下がってしまったら寂《さび》しいもの」

「それもそうかもな」

徹は凛子の決断を後押《あとお》しする。

「湊にはこういう検査があるっていうことだけ伝えてもいいかもな。そうだ、今度の土曜日に遺伝子検査の特集が放送されるから、みんなで見るってのはどうだろう？　才能の遺伝子検査も内容として記載《きさい》がある。湊が興味を示したら、改めて申し込めばいいよ」

「そうね」

土曜日の放送後、湊は遺伝子検査に興味は示したものの、利用を考えているうちに時間が経《た》ち、そのままになっていた。

高校3年生の冬、湊は理系の大学への進学を決めた。

「研究者をやってみて、もし越《こ》えられない壁《かべ》を感じたら、遺伝子検査を試してみようかな。転職をするなら、才能がある職業を経験してみることにしよう」

「それはいい考えね！」

凛子は湊の決断を聞いて安堵《あんど》した。

解説

今、遺伝子検査でたくさんのことがわかるようになってきました。遺伝による病気のリスクや体質、学習に関わる能力などがあげられます。親から遺伝するものというと、容姿《ようし》や声、特定の病気へのリスクなどがすぐに思い浮《う》かぶでしょう。実は、学校での成績に関わる能力も50〜70％程度遺伝で決まるともいわれています。あなたの持つ芸術への感性や運動能力なども遺伝が関係しているかもしれません。遺伝子が持つ情報は多く、もしかすると、そのうちこのストーリー「才能発見！　遺伝子検査」のように、様々《さまざま》な職業の才能がわかるようになるかもしれません。

もちろん、才能が開花するかどうかは本人の行動次第ですし、才能がない分野であっても環境《かんきょう》や本人の努力で成果をあげていくものです。才能は物として目に見えることはないので、勝手に才能を信じることもできれば、何かを諦《あきら》めなければいけないときに才能のせいにすることだってできます。このストーリーのように、シートによって才能が目に見えるようになると、将来設計をする上で気になる存在《そんざい》になるのは間違《まちが》いないでしょう。もし、あなたに突然《とつぜん》「才能がわかる遺伝子検査結果」が届《とど》いたとしたら、開封《かいふう》するでしょうか。封筒の中身は確かにあなたの遺伝子検査の結果であるとわかっているとします。そして開封したとしたら、結果を見て将来の進路を決めたり、転職をしたり、資格試験に挑戦《ちょうせん》したりすることを考えるでしょうか。そうすると、湊の視点《してん》でさらに深く考えることができそうですね。

このストーリーについて、200人にアンケートを行った結果、「湊にシートを見せたほうがいい」を選んだ人が51・5％、「湊にシートを見せないほうがいい」を選んだ人は48・5％と、僅差《きんさ》で「湊にシートを見せたほうがいい」が多数派《は》となりました。

「湊にシートを見せたほうがいい」を選んだ人は、将来の選択の幅《はば》を広げることができることや、参考程度に見るのならいいと思う、才能がある分野のほうが成功する可能性は高いのだから本人に知らせた上で選択させたい、といった理由をあげました。

「湊にシートを見せないほうがいい」を選んだ人からは、才能よりも好きなことを選んだほうがいいから、知ってしまうと好きなことも好きではなくなってしまうかもしれない、将来を決められてしまう気がする、などの意見がありました。

遺伝子検査で才能があまりなくても、能力は遺伝子だけで決まるのではなく、環境によっても変化するでしょう。また、「努力に勝《まさ》る天才なし」という言葉もありますし、努力を続ける人は、生まれつきの才能を持つ人よりも優《すぐ》れることが多々《たた》あるものです。検査結果を見ることで気にしてしまうのが嫌《いや》だと考えて、見ない選択をしてもいいですし、検査結果を見て、将来のために使える部分を使っていこうと考えてもよさそうです。

また、才能があることと好きなことが同じとは限りません。才能があると知って、仕事とは別に趣味《しゅみ》として始めてみる方法だってあるかもしれません。

あなたが湊だったら、遺伝子検査の結果を伝えてほしいと感じますか？

木の実の規制

サクラ王国のレッド社は17年の歳月《さいげつ》をかけてある木の実を開発した。レッドハニーと名付けられたこの赤い実は、強烈《きょうれつ》な甘《あま》さと後味のよさ、汎用性《はんようせい》の高さ、安定した収穫《しゅうかく》量で大人気となっていた。甘さの割《わり》にカロリーも低く、健康的な甘味料《かんみりょう》としても優秀《ゆうしゅう》であるとされ、世界中に爆発的《ばくはつてき》に広まっていった。

「社長、あの土地もすべてレッドハニーの栽培《さいばい》に使いましょう。それから、ツバキ王国がレッドハニーの栽培にと広大な土地を用意してくれています。ありがたく使わせてもらいましょう！」

レッド社は、レッドハニーによって世界に名を知られる会社に上り詰《つ》めていった。レッドハニーを愛用する消費者からは、「この味はやみつきになる！」「少しの間食べないでいると、また食べたくなる」と、中毒性が指摘《してき》されていたが、レッドハニーは健康的な甘味料という地位を築いていたため、たいして問題にはならなかった。

そして3年後、レッドハニーにある問題が浮上《ふじょう》した。世に出回る様々《さまざま》な食品を調べている国営機関の調査によって有害物質が検出されたのだ。この有害物質は、人体に直ちに害を与《あた》えるようなものではなく、長期的に摂取《せっしゅ》しない限りは問題にはならないが、長期にわたり一定量以上の摂取を続けると、呼吸器《こきゅうき》や消化器に悪影響《あくえいきょう》を及《およ》ぼすだろうと指摘された。中毒性についても再びここで指摘されることになった。

「私《わたし》はどうすれば……」

レッド社の社長は国の大臣であるエミリアと話し合っていた。

「国としては、この素晴らしい輸出業の要をこのまま失速させたくはないと考えているんですよ。ただ、有害物質は確かに検出され、無視《むし》できる値《あたい》ではないんです」

「そうですか……。公表するにしても、いつにするかとか、公表の仕方を考えなければいけませんよね……。も、もしかして、レッドハニー自体の販売《はんばい》ができなくなるということは……？」

社長は頭を抱《かか》え、なんとか救いの道はないかと資料を隅々《すみずみ》まで読み込《こ》んだ。

しかし、レッドハニーが体に害を与える木の実であることは疑《うたが》いもない事実だった。

エミリアは淡々《たんたん》と説明を続ける。

「長期的に見て、レッドハニーによる健康被害《ひがい》は広まってしまいますから、販売中止にすべきという意見も複数あります。まあ、しかし、人体に直ちに害を与えるようなものではなく、長期にわたって摂取しない限りは問題にはならないという点は考慮《こうりょ》すべきだと思うのです。事実、発売開始から3年がすぎていますが、レッドハニーによって病気になったと確定している人は出てきていません。現在、販売中止も含《ふく》めて議論《ぎろん》しているところです。結論《けつろん》は私が出します」

「あ、あの……。公表の時期を遅《おく》らせることはできないでしょうか……」

「お気持ちはわかるのですが、すでに情報は一部の報道機関に流れてしまっていますので、そう長くは止められません。公表の準備を急ぎ進めてください」

「わかりました……！」

社長はくしゃりと資料をカバンに入れると、急ぎ足で部屋を出て行った。

あなたがエミリアであったなら、レッドハニーの販売を中止しますか？　それとも注意喚起《かんき》をしつつ販売を継続《けいぞく》しますか？

〈選択肢《せんたくし》1〉レッドハニーの販売を中止する 144ページへ

〈選択肢2〉レッドハニーの販売を継続する 146ページへ

《選択肢1》 レッドハニーの販売を中止する

1週間後、レッド社の社長はこの事実を公表した。メディアに大々的《だいだいてき》に取り上げられ、特番がいくつも放送されていく。

エミリアはレッドハニーの販売中止を決め、レッド社に通達した。それからほどなくして、レッドハニーは販売停止となり、店頭からその姿《すがた》を消していく。しばらくはフリマサイトなどにレッドハニーを使用した製品があふれたが、それもまもなく鎮静化《ちんせいか》した。

町でのインタビューをしたニュース映像《えいぞう》からはこんな声が聞こえてくる。

「レッドハニーは直ちに健康被害が出るものじゃないんだろう？　個人個人で

気を付ければいいんじゃないですか？　俺《おれ》はレッドハニーのおかげでダイエットに成功したんだ。レッドハニーのない生活なんて考えられない！」
「レッドハニーがなければウチのケーキの価格は値上《ねあ》げラッシュだよ！　これじゃあ商売にならないよ」

3年後、レッドハニーの存在《そんざい》は忘《わす》れられつつあった。販売中止となった当初は批判《ひはん》が多かったが、改めて町で聞いてみると、「レッドハニーの販売が中止になってよかった」と考える人が多数派《は》となっていた。

《選択肢2》 レッドハニーの販売を継続する

1週間後、レッド社の社長はこの事実を公表した。メディアに大々的に取り上げられ、特番がいくつも放送された。そして、ショッキングな事実としてサクラ王国や世界に広まっていく。

大臣のエミリアは、レッドハニーについてこう伝えた。
「適量であれば人体にさほど影響はないと考えています。酒類などと同じように、摂取のしすぎにはご注意いただければと思います」

病院には、最近の不調はレッドハニーのせいではないかと疑う患者《かんじゃ》が次々《つぎつぎ》と現れ、今まで見えてこなかったレッドハニーによる健康被害の報告も増えていく。

レッドハニーを使った製品を扱《あつか》っていた企業《きぎょう》は対応に追われた。直ちに健康被害が出るものではないからと販売を継続する企業も多かったが、健康的なイメージのある企業はレッドハニーから距離《きょり》を置くことを選んだ。

菓子《かし》店などの店頭には「レッドハニー不使用」の文字が躍《おど》り、人々《ひとびと》の買い物に、レッドハニーが入っていてもいいかという選択肢を突きつけることになった。

3年後、騒動《そうどう》は落ち着き、レッドハニーは上手に使えばダイエットにも効果的な甘味料として、一定の地位を築いていた。

解説

大臣のエミリアが「この素晴らしい輸出業の要をこのまま失速させたくはない」と話しているように、レッドハニーによる収入《しゅうにゅう》はレッド社にとってもサクラ王国にとっても大きなものであるようです。それでも、レッドハニーの過剰《かじょう》摂取による健康被害を収入と比べることは倫理的《りんりてき》に考えて問題があるように感じられるでしょう。また、長い目で見ると、健康被害による経済《けいざい》の損失も大きくなるでしょうから、エミリアやレッド社社長の計算には狂《くる》いが生じてくるのではないでしょうか。

私たちの身近には、レッドハニーのように、中毒性があり、人体に悪影響といわれながらも販売が続けられているものがあります。それはなんでしょうか。

たとえば、お酒やタバコ、広く考えれば甘いもの、カフェインなどがあてはまるでしょう。

お酒は飲みすぎると体に悪影響があるとわかっている上に依存性《いぞんせい》があります。タバコも同様で、両方とも病院などで治療《ちりょう》を受けないと治らないほどに依存性が高まってしまうことがあります。甘いものや炭水化物にも気づかないうちに依存してしまっているかもしれません。こちらは、生活習慣病の枠《わく》に入る、肥満からくる高血圧や糖尿病《とうにょうびょう》などがリスクとしてあげられます。カフェインは適量であれば体によい効果が期待できますが、過剰摂取による中毒になると、カフェインがないと集中できないといった健康被害が出てしまいます。

現在、お酒やタバコの摂取には年齢《ねんれい》制限や、高い税が設けられています。そのためか、タバコを愛用する人は減少し、各社からノンアルコールビールなどが次々と発売されています。レッドハニーも、販売が継続されるならこのような扱いとなることが予想できます。レッドハニー税が導入されるかもしれません。

タバコやアルコールなどが販売中止になることは考えにくいように、レッドハニーも個人の責任のもと、購入《こうにゅう》されていく可能性のほうが高いといえそうです。完全に中止するとまでいかない場合でも、レッドハニーを使用している商品には表示義務を課す、アルコール同様に成人するまでは摂取させないといった方法もあるかもしれません。少なくとも、レッドハニーに関する情報は十分に提供することが求められそうですね。

もし、レッドハニーが世の中に出回ったとしたら、レッドハニーを購入したいと思いますか？　また、あなたが菓子メーカーの社長だったとしたら、レッドハニーの扱いをどのようにするでしょうか？

あなたを守るプログラム

チームアース社が開発した次世代カーシステム「自動運転ＰＲＯ《プロ》」は高い評価を受けていた。この「自動運転ＰＲＯ」を搭載《とうさい》した車は高価ながらも売れ行きが好調だったため、チームアース社はさらなる高機能を実現した「自動運転ＰＲＯ２」を開発した。

そして、「自動運転ＰＲＯ２」を初めて搭載した新型「プラズマ」は、車内の快適な空間を売りに、着実に売り上げ台数を伸《の》ばしていった。

四宮怜太《しのみやれいた》は、プラズマの購入《こうにゅう》を検討《けんとう》するために、販売店《はんばいてん》に来ていた。担当《たんとう》の今城《いましろ》は、プラズマの魅力《みりょく》を力説する。

「なんといっても、最新の自動運転ＰＲＯ２を搭載している車だということです。目的地をこちらのＡＩキャラクター・プラッズに教えていただければ、その場所まで完全なる自動運転で向かいます。目的地に着きましたら、自動的に駐車《ちゅうしゃ》スペースを見つけて駐車しますので、四宮様は運転開始から駐車完了《かんりょう》まで自由にしていただいて大丈夫《だいじょうぶ》です。こちらのボタンで簡単《かんたん》に手動運転への切り替《か》えも可能ですので、運転をしたいときはここを押《お》してください」

「車の中、思ったよりも広いんですね。座《すわ》り心地もいいし、全体的に想像以上です。色はホワイトパールがいいかなぁ」

翌日《よくじつ》、怜太はプラズマの購入を決め、担当の今城に連絡《れんらく》を取った。

そして、納車《のうしゃ》の日になった。怜太は、今城と共に車の設定を確認《かくにん》していく。

「今日設定した項目《こうもく》も、すべてプラッズに話しかけるだけで簡単に変更《へんこう》できますので、こういった項目があることだけ知っておいていただければ大丈夫です。それから、まず使われることのない項目なのですが、念のため、緊急時《きんきゅうじ》の設定を決めておいてください。いかなるときでも運転者の命を優先《ゆうせん》する『あなたを守るプログラム』が標準設定ですが、やむを得ない場合に、車の進行方向にいる人を守るという『加害防止プログラム』も選ぶことができます。もちろん、どちらの設定にした場合も、緊急時に手動運転に切り替えて、四宮様が運転することが可能です」

「そうですか。ええと……じゃあ、標準設定で」

「かしこまりました」

怜太はあまり深く考えることもなく、「あなたを守るプログラム」を選択《せんたく》した。プラズマに乗り始めて2年。毎日の通勤《つうきん》やレジャーにと、愛車のプラズマを乗り回していた。

ある日、怜太は片側《かたがわ》の崖下《がけした》が海になっている一方通行の道をプラズマで走っていた。

怜太がウトウトしていると、突然《とつぜん》わき道から電動車いすに乗った女性が飛び出してきた。「ピピー！」というシステム音で怜太が目を開ける。電動車いすの不具合なのか、女性はひどく慌《あわ》てた様子だ。

（まずい！　避《よ》けられない！）

左は頑丈《がんじょう》な壁《かべ》、右は崖。避けることは不可能な場所だった。このまま何もしなければ「あなたを守るプログラム」により、女性をはねてしまう。しかし、怜太が手動運転に切り替えて崖側にハンドルを切れば女性は助かる。ただし、

WARNING
DAMAGE
DAMAGE

怜太はガードレールのすき間から高さ20ｍの崖下に落ちてしまう。

女性をはねた場合は女性が、崖下に落ちた場合は怜太が命を落としてしまうかもしれない。その可能性は同じくらいで、低くはない確率だろう。

あなたがプラズマの所有者ならどちらを選ぶだろうか？


〈選択肢《せんたくし》1〉

「あなたを守るプログラム」により女性をはねてしまう

158ページへ

〈選択肢2〉

手動運転に切り替えて右にハンドルを切り崖下に落ちる

160ページへ

《選択肢1》「あなたを守るプログラム」により女性をはねてしまう

怜太は目をぎゅっと閉じて、その瞬間《しゅんかん》を迎《むか》えた。

ドンッ！

大きな音と衝撃《しょうげき》が怜太を襲《おそ》う。ぶつかった瞬間、怜太はすでにスマホを握《にぎ》りしめていた。

「救急車……！」

素早く119にかけると、事情を説明しながら車を降《お》り、女性のもとに駆《か》け寄った。

「大丈夫ですか!!」

女性は意識を失っていて、返事はない。

「意識はありません」

電話先にいる救急救命士の指示に従《したが》い、怜太はてきぱきとやることをこなしていった。12分後、救急車が現場に到着《とうちゃく》した。

「よろしくお願いします……!」

怜太は女性の無事をただただ祈《いの》って救急車を見送った。

その後、女性が病院で目を覚ましたことを知った。

「よかった……無事だった」

後日、裁判所《さいばんしょ》から訴状《そじょう》が届《とど》いた。

《選択肢2》手動運転に切り替えて右にハンドルを切り崖下に落ちる

怜太は手動運転に切り替えて、夢中でハンドルを右に切った。車は勢いよく宙《ちゅう》を舞《ま》い、海に落下していく。怜太にはこの瞬間がスローモーションのように感じられた。

（シートベルトは水に沈《しず》んだって外せるから、落下時は装着《そうちゃく》しておく！　脱出《だっしゅつ》……！）

怜太は妙《みょう》に冷静になり、脱出の方法を脳裏《のうり》に浮《う》かべる。

（シートベルトを外してドアが開くかを確認……。開かなければ窓《まど》を開けてみる。それでもダメなら窓が水面より上にあるうちにハンマーで窓を叩《たた》き割《わ》ってそこから脱出……！　それでもダメなら水位が上のほうまで来るのを待って水圧の差を小さくしてから大きく息を吸《す》ってドアを開ける）

「！！！」

大きな衝撃音に包まれた。落ちた瞬間、怜太は強い衝撃で身動きが取れなくなった。次第《しだい》に意識を失っていく。

3日後、怜太は病院のベッドの上で目を覚ました。医師たちの話によると、海ではなくその手前にあった岩場に落ちたらしい。全身はまだ動かない。後遺《こうい》症《しょう》は覚悟《かくご》したほうがいいと伝えられた。消防と救急に連絡したのは車いすの女性で、その後何度も病院に連絡を入れていたようだ。意識が戻ったことは、すぐに伝わるだろう。

解説

今、自動運転技術は世界中で急速に発達しています。自動運転車はその能力によってレベル0からレベル5の6段階《だんかい》に分けられています。

レベル1はアクセル及《およ》びブレーキ操作《そうさ》か、ハンドル操作のどちらか一つのみの運転支援《しえん》で、衝突《しょうとつ》の被害《ひがい》を軽減します。レベル2はアクセル及びブレーキ操作と、ハンドル操作両方の運転支援が可能になります。現在日本で販売されている新車の多くは、なんらかの運転支援機能が搭載されています。運転の主体はドライバーで、自動で運転をしてくれるというものではありません。運転のサポートをシステムがしてくれるというレベルです。

レベル3になると、運転の主体がシステムに移行します。ドライバーは非常時に備えていつでも運転できるようにしていなければいけませんが、運転自体は自動化されます。日本では、世界に先駆《さきが》けて高速道路の渋滞時《じゅうたいじ》の自動運転が可能になった車を発売しています。国は、2025年には約50か所を目安に、地域《ちいき》限定でレベル3の無人自動運転移動サービスを展開《てんかい》するとしています。アメリカやフランス、中国などでは、すでにレベル4のサービスを一部地域で始めていて、自動運転によるサービスを日常で利用する未来がすぐそこまで迫《せま》っているのを感じます。

このストーリー「あなたを守るプログラム」では、自動運転車による非常事態を描《えが》きました。このことについて意見を集めると、しばしば「所有者に責任がある」という声が聞かれます。完全なる自動運転車が事故に遭遇《そうぐう》した場合、その責任はどこにあるのでしょうか。難《むずか》しい判断にはなりますが、少なくともこのストーリーの車いすの女性にはないものです。しかし、車いすが突然道に出てくれば車は避けようもありませんから、怜太に非があるとも考えられません。

今、世界では、自動運転車による様々《さまざま》な事故などのケースを想定して、各国で法整備が進められています。すでに、日本では2021年から、新しく作る車には、衝突被害軽減ブレーキ（自動ブレーキ）の搭載が義務付けられていきます。自動運転システムは少しずつ車社会を変えていっています。

AIによる自動運転システムは、時に人の想像を超《こ》えた計算結果によって物事を処理《しょり》することもあるでしょう。起こりうるすべての事象についてあらかじめ判断をして、それを設定しておくことは不可能です。このストーリー「あなたを守るプログラム」以上に、想定外の事態に遭遇することもあるかもしれません。今から20年後の道はどのような車がどのようなルールで走っているのでしょうか。

「あなたを守るプログラム」と「加害防止プログラム」、あなたは設定をこのどちらにしておきますか？

本物のテセウスの船はどっち？

ニコラスはタイム社で記者として働いている。主に、雑誌《ざっし》「タイムテレポート」に掲載《けいさい》する記事を担当《たんとう》し、今年で8年目だ。

「編集長、今度記事にするテセウスの船なんですけれど」

「あー、それな。テセウスの船らしき船の写真が2枚《まい》あるんだよな。同じ日に撮《と》られた写真なのに、一つはボロボロの船で、一つは新しい船。どっちがテセウスの船なのかっていうことだろ？　どちらかが本物で、どちらかが偽物《にせもの》」

「タイムマシンを使って調べてきていいですか？」

「ああ。それしかないだろう。くれぐれも歴史を変えないように気を付けろよ」

編集長はデスクの引き出しを開け、一つの鍵《かぎ》を取り出した。ニコラスの手元に向けてそれを投げると、衣装室《いしょうしつ》に人差し指を向ける。

「アテナイ市民っぽい服、着て行けよ〜。髪型《かみがた》もお忘《わす》れなく！」

準備を済《す》ませたニコラスはタイムマシンに乗り込《こ》んだ。

「到着《とうちゃく》まで2時間ほどかかります」

運転手はタイムマシンに一つだけある小部屋にニコラスを案内しながら、そう伝えた。

「2時間か。書ける部分だけ記事を書くか。えーと……」

アテナイの人々《ひとびと》は怪物《かいぶつ》ミノタウロスに日々《ひび》おびえながら暮《く》らしていた。ミノタウロスから街を守るためには、毎年男女7人ずつを生贄《いけにえ》に捧《ささ》げ続けるしかない。そんな中、一人の若者《わかもの》がミノタウロスを倒《たお》すために立ち上がった。その男、テセウスは人質に混ざってミノタウロスの所に向かう。そして見事、ミノタウロスを打ち倒したのだ。

「テセウスが帰って来たぞ！　人質も無事だ！」

人々に大歓声《だいかんせい》で迎《むか》えられたテセウス。そのとき乗っていた船は「テセウスの船」として、後の世まで大切に保管されていくことになる。


「よし、この文章の隣《となり》に、保管されてきたテセウスの船の写真を載《の》せたいな」

新しい船のほうが、誌面《しめん》が映《は》えるなぁ、でも、ボロボロのほうが伝説の船っぽいか？　と、あれこれと思いを巡《めぐ》らせながら、ニコラスはそのときを待った。

「到着しました。５時間後、またここに参ります」

「ありがとう。５時間後ですね。わかりました」

ニコラスはさっそく現地の人々に話を聞くことにした。すると、人々は妙《みょう》なことを言う。

「いや、1週間前までテセウスの船は、あのきれいなほうの船だけだったんだよ。伝統の手法だけを使って、大事に修理を続けてきたんだ。それなのに突然《とつぜん》あのボロ船が現れたのさ」

「何を言っているんだ。あのボロ船こそが本物のテセウスの船さ。新しい船にはテセウスを運んだときの素材が一つも使われていない。すべての板は朽《く》ちて、新しいものに取り替《か》えられてしまったからな。その、取り外された朽ちた木材を組み立てなおしたのが、このボロ船さ」

「そういうことですか」

（つまり、修理を続ける上で、新しい木材に取り替えていった結果、もともとのテセウスの船に使われていた木材は0になってしまったんだ。一方で、取り外された木材は保管されていて、それを組み立てなおしたのがボロボロの船ということだ。困《こま》ったぞ。どっちが本物なんだ？　誌面に載せるテセウスの船はどっちにすればいい……？　２隻《せき》ともなんて格好悪いから、どちらか選ばないとなぁ）

どちらのテセウスの船が〝本物のテセウスの船〟だろうか？

《選択肢《せんたくし》１》新しい船が本物のテセウスの船 172ページへ

《選択肢２》ボロボロの船が本物のテセウスの船 174ページへ

選択肢1　新しい船が本物のテセウスの船

ニコラスはさらに市民への聞き込みを続けた。

「このボロボロの船は、実際にテセウスが乗り、ミノタウロスがいる島まで人質たちを運び、そして帰還《きかん》したときに、テセウスや人質が触《ふ》れた木材が使われているんだよ。どう考えても本物としか言いようがないだろう？」

「へぇ、それは面白《おもしろ》い。ボロボロの船のほうが伝説の船っぽいですねぇ」

ニコラスが大きく頷《うなず》いていると、後ろから2回肩《かた》を叩《たた》かれた。

「全く違《ちが》いますわ。いいですか？　新しい船は、伝統の修理方法を守って、ずっと大事に保管されてきたの。もし、この船が伝説の船でもなく、普通《ふつう》に修理しながら使われていたと考えてみて。今もまだ現役《げんえき》よ。この新しい船は実際に船として使うことができるのですから。現役の船が修理されたために偽物になるっておかしいでしょう？　もし偽物というのなら、どの時点から偽物なのです？　10枚目の板が取り替えられたとき？　それとも28枚目かしら？」

（うーむ、そう言われると線引きは難《むずか》しい。修理をしても偽物になるわけではないしなぁ。よし、本物はこの新しいテセウスの船だ！）

1か月後、雑誌「タイムテレポート」の新刊が発売された。表紙には新しいテセウスの船の写真が採用された。

《選択肢2》ボロボロの船が本物のテセウスの船

ニコラスはさらに市民への聞き込みを続けた。

「本物のテセウスの船は間違いなく新しい船のほうです。なぜなら、2週間前、1年前、20年前……とにかくずっと前からこの船はここにあったのです。もし、ボロボロの船が本物なら、アテナイ市民たちとずっと共にあった新しい船が偽物ということになるのですよ？」

「ええ。それは説得力抜群《ばつぐん》ですね！　新しい船が伝説の船っぽいですねぇ」

ニコラスが大きく頷いていると、後ろから大きな声の男性が声をかけてきた。

「そこの姉ちゃん、勝手なことを言ってもらっちゃ困るよ。この、ボロボロのほうが本物のテセウスの船さ！　テセウス様が実際に触れたんだから。船の中には、人質になるはずだった人がミノタウロスの島に向かうときに家族に遺《のこ》した言葉が書かれているし、無事に帰るときに騒《さわ》ぎすぎて誰《だれ》かが焦《こ》がしたという板もある。そんなストーリーが刻《きざ》まれているんだよ。本物のテセウスの船には！」

（そんなエピソードが。そうだよな。歴史が刻まれているのはこのボロボロの船のほうだ。よし、本物はこっちの船に決めた！）

1か月後、雑誌「タイムテレポート」の新刊が発売された。表紙にはボロボロのテセウスの船の写真が採用された。

解説

このストーリーは、有名な思考実験「テセウスの船」を元に作られています。修理された新しい船と、組み立てなおしたボロボロの船、どちらが伝説のテセウスの船なのかを考えていきます。ここで注目したいのは、どちらが伝説のテセウスの船と同じであるか、という視点《してん》です。

たとえば、みんなで数学のテストを受けることになりました。配られた問題用紙は〈同じ〉でしょうか。書かれている文字はすべて同じですから、問題用紙は〈同じ〉ものであるとも言えますし、Aさんが触れた問題用紙と、Bさんが触れた問題用紙は〈違う〉ものであるともいえますね。

問題の内容に視点を向けるなら、〈同じ〉問題用紙となり、誰が所有しているかという視点で考えるなら〈違う〉問題用紙となるのです。

このように、何を基準にするかで〈同じ〉は変化します。このストーリー「本物のテセウスの船はどっち？」のニコラスは、基準が定まっていなかったので、大いに迷ってしまいました。

テセウスが触れた船を伝説の船の条件とするならボロボロの船が本物でしょう。数々《かずかず》のエピソードや、実際に付けられた傷《きず》や文字は、ボロボロの船のほうにしかありません。一度修理によって取り外されたとしても、テセウスが確かに触れ、そのとき海に浮《う》かべられていた板の歴史的な価値《かち》は揺《ゆ》るぎありません。

たとえば、テセウスの船をA地点からB地点に運ぶために一度解体して、B地点で組み立てなおしたとしましょう。B地点で組み立てなおした船はやはりテセウスの船です。ボロボロの船は、保存しておいた木材を組み立てなおしただけであり、これこそが本物のテセウスの船だと考えることもできます。

また、新しい船はていねいに作られたレプリカであり、同じものを作ろうと思えば2つ、3つと作ることができるものだから、本物とはいえないと結論づけることもできるでしょう。


次に、船は修理して使っていくものであり、姿《すがた》が当時のままであることを重《じゅう》視《し》するなら、新しい船が本物のテセウスの船になるでしょう。雑誌「タイムテレポート」を読んだ人が、テセウスが乗っている姿を想像しやすいのは、外見が保たれているこちらの船です。伝統の手法で修理されてきたのですから、修理された伝説のテセウスの船であると位置付けることはとても自然です。

もし、新しい船が偽物ならば、いつから偽物になったのでしょうか。修理によって一枚の木材が取り替えられたとしても、偽物になったとはならないでしょう。では、半分の木材が取り替えられた船は？　最後の一枚が残っていれば本物でしょうか？　こう考えていくと、テセウスの船が「本物」である理由は別のところにもあるように感じられます。長年、アテナイ市民に「テセウスの船」として愛されてきたという事実こそが、新しい船を本物と判断する理由であるという視点《してん》もまた正しいでしょう。

このように、判断基準や視点によって〈同じ〉とも〈違う〉ともいえるものは世の中にたくさんあります。

同じであって違うものを身の回りで見つけてみてください。いろいろなことに気が付けるでしょう。

手術とAI

坂田《さかた》光樹《みつき》は総合病院の病室で目を覚ました。

「ここは？」

ベッドサイドで点滴《てんてき》を調節していた看護師《かんごし》が目を覚ました光樹に気づき、状《じょう》況《きょう》を話し始めた。

「坂田さん、目を覚まされたのですね。どうやら、発作を起こして意識を失ったようですよ。たまたま通りかかった人たちが救急車を呼《よ》んでくれたそうです。今、検査をしていますが、今日は入院となります。お母さまが今入院の手続きをしてくれています。では、医師を呼んできますね」
「母さんが。そうですか。わかりました」

検査の結果、光樹はA病という重い病であることがわかった。この病気は手術以外で治ることはなく、難《なん》手術となることが予想された。光樹の主治医である後藤《ごとう》は、手術をＡＩオペシステムが行うか、自分が行うかを選ぶことができると説明した。手術日まで時間があるので、光樹はそれから2日後に退院《たいいん》し、その3日後から通学を再開した。

1週間後のある日、光樹は一日中全く集中ができなかった。この1週間ずっと悩《なや》んでいたことがある。手術を後藤医師に任せるか、ＡＩオペシステムに任せるか、それを決めなければならなかったからだ。

「ただいま」

光樹の母は、すぐさま駆《か》け寄ってきて光樹のカバンを手に取った。

「疲《つか》れてない？　ほら、座《すわ》りなさい」

そう言うと、玄関《げんかん》の近くに置いてあったキューブ型の椅子《いす》を指さした。

「大丈夫《だいじょうぶ》だよ。今日は結構調子がいいんだ。ただ、全然集中できなかったけど！」

光樹は3～4歩進むとキューブ型の椅子に腰《こし》を下ろした。

「今日、返事しないといけないものね。家族会議はもう何回したかしら。やっぱり決められないし、困《こま》ったわね……」

「後藤っていう医師、腕《うで》はいいのかな？　こういう情報って本当に入ってこないよ。でも、ベテランではあるし、難手術を成功した実績があるって仲良くなった看護師さんから聞いたんだ。……でもさ～。俺《おれ》の手術って難《むずか》しいんだよ

な？」

光樹は今日、返事をしなければならなかった。後藤医師に任せる場合は、手術支援《しえん》ロボットを後藤医師が操作《そうさ》して手術を行うらしい。ＡＩオペシステムの場合は、スタートボタンを押《お》すだけですべての作業はＡＩが行うことになる。

事前に後藤医師から聞いた話では、後藤医師でもＡＩオペシステムでも光樹の手術の成功率は変わらないだろうということだった。というか、わからないらしい。

「後藤医師にとっても、ＡＩオペシステムにとっても俺は初めての症例《しょうれい》。どっちのほうが成功する確率が上がるんだろう？　さっぱり見当がつかないや」

あなたが坂田光樹なら、後藤医師とＡＩオペシステムのどちらを選択《せんたく》するだろう?

〈選択肢《せんたくし》1〉後藤医師に任せる 186ページへ

〈選択肢2〉AIオペシステムに任せる 188ページへ

《選択肢1》後藤医師に任せる

（もし、後藤医師がこの病気の手術をするスペシャリストだとしたら、後藤医師で決まりだよな。でも、平均程度だとしたら？　どうだろう。手術支援ロボットは使うわけだし、オペ看護師さんたちだってしっかりフォローしてくれる）

「後藤医師にする」

光樹は後藤医師を選んだ。

「わかった」

光樹の母はコクリと頷《うなず》いた。

「理由を教えてくれる？」

すると、光樹は自分の考えをゆっくりと言葉にしながら話し始めた。

「えぇっと……。医師もAIも初めての手術になるだろ？　人なら予想外のことが起こっても、工夫してなんとかしてくれそうだけど、AIってなんか……フリーズしちゃったりしないかなって心配になった」

「そうね。光樹の言う通りかもしれないわね」

光樹はさらに続けた。

「オペ看護師とか、いろんな人がチームでやってくれる。感情のない機械に任せて失敗するのもなんだか怖《こわ》いし、人である後藤医師なら不測の事態でも工夫してくれると思うんだ」

後日、後藤医師たちによる手術が行われた。手術は無事成功。光樹はホッと胸《むね》をなでおろし、自分の選択は正しかったと確信した。

《選択肢2》 AIオペシステムに任せる

（もし、後藤医師がこの病気の手術をするスペシャリストだとしたら、後藤医師に任せたい気もするけれど、でも、AIならうっかりとか、ミスとかってなさそうだよなぁ。それに、学習しているデータ量は絶対に後藤医師よりもはるかに多いわけだし）

光樹はついに決断した。

「AIオペシステムにする」

光樹はAIオペシステムを選んだ。

「わかった」

光樹の母はコクリと頷いた。

「理由を教えてくれる？」

「ＡＩなら迷いなく手術を進めてくれるから、体へのダメージも少なそうだし、完璧《かんぺき》な計算でやってくれるから、間違《まちが》いがなさそうかなって思ったんだ」

「そうね。光樹の言う通りだと思う」

光樹はさらに続けた。

「それに……。後藤医師でもＡＩオペシステムでも初めての症例だろ？　後藤医師は工夫してくれるだろうけれど、ＡＩオペシステムは膨大《ぼうだい》なデータから最もよい判断を導き出してくれるんじゃないかなって思うんだ。工夫じゃなくて、答えを出してくれるような気がする」

後日、ＡＩオペシステムによる手術が行われた。手術は無事成功。ＡＩオペシステムは初めての症例で手術を成功させ、さらなる可能性を世間に示した。

解説

医療《いりょう》現場でも、ＡＩが様々《さまざま》な活躍《かつやく》を見せています。

まず、ＡＩは診断《しんだん》精度の向上において相性がよく、大量のデータをもとに診断をしてくれます。たとえば、人では時間と労力がかかるリンパ節へのがん細《さい》胞《ぼう》の転移の有無を顕微鏡《けんびきょう》で調べる作業も、ＡＩであれば数秒で危険性《きけんせい》をマーキングしてくれます。医師が専門外《せんもんがい》の領域《りょういき》を見なければならないときに、ＡＩによる診断を参考にすることは、病変を見逃《みのが》す可能性を下げる大きな助けになるでしょう。昨今話題になっている医療現場の働き方改革《かいかく》による勤務《きんむ》時間の制限にも合っていて、ＡＩの医療現場への活用は今後も速い速度で進んでいくことは間違いありません。

次に、AIは画像処理《しょり》が得意です。術前に集めたデータから、患部《かんぶ》の3D映《えい》像《ぞう》を作ることができます。これにより、術前のシミュレーションがしやすくなりました。

半面、AIにはこんな弱点もあります。機械ですから、迷うということがなく、さも「これが答えです」という顔をして結果を即時《そくじ》に出します。しかしその正確性は、使い方によってはまだあいまいで、利用者が「本当かな？」と疑《うたが》う必要があります。特に医療現場の場合は命に関わりますから、さらに慎重《しんちょう》さが求められます。

現在は、AIの診断を見て参考にしながら、人間の医師が最終的に判断しています。AIは人間の医師のサポートをしているという位置付けです。

そう遠くない未来に、このストーリー「手術とAI」のAIオペシステムのようなAI主体の手術が行われるようになるかもしれません。病気になる以前に、私《わたし》たちの未来を予測し、危険性を警告《けいこく》してくれるAIの誕生《たんじょう》も期待されています。AIは膨大なデータを学習できるので、「このままの生活だと、3年後にこんな病気になる可能性が高い」といった、精度の高い予測が可能なのです。

少し角度を変えて、今度は診察室《しんさつしつ》の中にいる医師が人の場合とAIの場合を考えてみてください。あなたは重大な病気かもしれないと検査をして、その結果を聞くためにやってきました。Aの診察室には人の医師が、Bの診察室にはAIの医師が座っています。検査を指示したのも検査結果から診断したのも診察室の中にいる医師です。AとBのどちらに入ってもいいとしたら、どちらがいいですか?

おそらく、Bの診察室にいるAIの医師は、人の医師に期待される優《やさ》しさや元気づけてくれる言葉などはないと想像するでしょう。あったとしても心を感じられず苦笑いしている自分が目に浮《う》かびそうです。一方で、AIの医師による、膨大なデータから導き出された結果には、一定の信頼《しんらい》を置けそうです。診断結果をそのままストレートに叩《たた》きつけられた感覚になるでしょうから、気持ちのやり場には困るかもしれません。

現在、日本で医師になるには医学部を卒業して国家試験に合格し、研修医を経る必要がありますが、遠くない未来に、AIが学習データやシステムといった一定のラインをクリアして診察にあたるという病院が現れるのかもしれません。

あなたが、手術が必要な病気やケガで入院をすると考えたとき、AIがどのような活躍をしている病院を期待しますか？

宇《う》宙《ちゅう》で働く輸送隊員

アリアン星、セタ星、ハクオ星。地球に住んでいた人類の1割《わり》はこれら約30の星々《ほしぼし》に移住していた。

竹林隆正《たけばやしたかまさ》は小型宇宙船の操縦士《そうじゅうし》だ。主に地球から他の星に医薬品を輸送する仕事をしながら、気ままな独身生活を楽しんでいる。

「今週はアリアン星とハクオ星に薬を届《とど》けてから、セタ星に出発か」

竹林がアリアン星に出発する前の準備体操《たいそう》をしていると、管制室の西田麻耶《にしだまや》がこちらに手を振《ふ》りながら小走りでやってきた。

「ああ、西田、急ぎの案件？」

「ええ。アリアン星とハクオ星の前にセタ星に行ってほしいとのことよ」

「ああ、そう。セタ星は少し遠いから、アリアン星とハクオ星は他の人に行ってもらおうかな。セタ星って、風邪《かぜ》っぽい症状《しょうじょう》の人が増えているよな」

西田の話では、セタ星では重大な感染症《かんせんしょう》が発生していて、重症化《じゅうしょうか》する患者《かんじゃ》が増えているという。隔離《かくり》して治療《ちりょう》にあたっているが、重症化すると致死率《ちしりつ》は80％以上といわれ、現地には特効薬がない。地球にあるN《エヌ》薬が特効薬として抜《ばつ》群《ぐん》の効き目を持つことがわかり、急ぎ届けることが決まったのだという。

「そうなのか。それは急がないとな」

「N薬は液体で温度管理も必要だから、一度にたくさんは運べないわ。それに、特効薬とわかったばかりだから、生産体制が整っていないの。今回は在庫として保管されていた50人分。今入っている情報では、重症化している人は26人。重症化する人は日々《ひび》増えているけれど、50人分送ることができればひとまず時間は稼《かせ》げると思う」

「わかった。さっそく出発するよ。薬を運んできてくれ」

薬剤部《やくざいぶ》が薬を運び、整備部が宇宙船の直前チェックをしていく。搭載《とうさい》するエネルギー量の計算をしていた社員が〈エネルギー量超過《ちょうか》〉という答えをはじき出した。

「これじゃあ宇宙船が重くなって余分なエネルギーがかかっちゃうよ。減らしておこう」

すべての準備が終わり、竹林は西田との打ち合わせを終えて宇宙船に乗り込《こ》

んだ。

「それじゃ、セタ星にはしっかり伝えておくから」

セタ星に向けて出発してから3日後、竹林は異変《いへん》に気づく。

「エネルギー量が足りない……？　しっかり積んだはずだし、変更《へんこう》したことは聞いてないぞ？　でも、これではセタ星にたどり着けない！」

竹林が計算をすると、セタ星にたどり着くためには30kgほどの荷物をこの宇宙船から捨《す》てる必要があることがわかった。

「30kgか。N薬が入った温度管理装置《そうち》が32kgだな。注射器《ちゅうしゃき》やタオル、ガーゼじゃあ30kgには遠く及《およ》ばないし、捨てられるものといったらN薬しかないぞ？でも、N薬を捨てたら俺《おれ》はなんのためにセタ星に……」

竹林の脳裏《のうり》をもう一つの選択肢《せんたくし》がよぎった。

「N薬を捨てるか、もしくは、俺を捨てるか……じゃないのか？　50人の命がかかっているんだ。この宇宙船は緊急時《きんきゅうじ》自動着陸装置が付いている。現地は今日から3日は天候が安定しているから、この装置が使える状態だ。俺がいなくても届けられる」

近くを通る宇宙船はなく、竹林が宇宙に出れば命はない。

あなたが竹林だったら、どちらを選択するだろうか？

《選択肢1》 N薬を投げ捨てる 200ページへ

《選択肢2》 竹林が宇宙船から身を投げる 202ページへ

《選択肢1》 N薬を投げ捨てる

「仕方がない、薬を捨てるしかない」

竹林は苦渋《くじゅう》の決断をするしかなかった。

「エネルギーの不足なんて初歩的なミスで特効薬を捨てるなんて……。でも、仕方がない」


「こちら宇宙輸送船T《ティー》85の竹林です」

「ああ、竹林さん。こちら地球管制室の西田。どうかしたの？」

「実は……」


竹林は西田にエネルギー不足で薬を届けられないことを伝えた。

「そんな、エネルギー計算はしているはずなのに。本当にどうしても足りないのよね？」

「ああ。30kg分捨てる必要がある。捨てられるものといったらN薬しかない。50人分の薬の価値《かち》は重いが、やむを得ない……」

「……わかった。この3日で生産体制は整いつつあるから、近々《ちかぢか》また向かうしかないわね。セタ星に着いたらすぐに戻《もど》ってきて。セタ星の人には私《わたし》から説明しておくから」

「了解《りょうかい》」

竹林はセタ星に到着後《とうちゃくご》、エネルギーを補充《ほじゅう》するとわずかな滞在《たいざい》時間を経て星を後にした。

「セタ星で迎《むか》えてくれた人たち、どんな思いだっただろう……」

《選択肢2》 竹林が宇宙船から身を投げる

「50人の命と、俺一人の命だ。俺一人が消えるだけで助かるのなら、そのほうがいい」

竹林は覚悟《かくご》を決めた。

「こちら宇宙輸送船T85の竹林です」

「こちらセタ星管制室の狩谷《かりや》です。ご用件は？」

「緊急時着陸装置を使用します。準備をしてください」

「何かあったのですか？」

竹林はエネルギーが不足していること、N薬を届けるための緊急時着陸であることを伝えた。

「え？　つまり、あなたが宇宙船から身を投げるということですか!?」

「はい。それが最善《さいぜん》と判断しました」

「待ってください。他の方法はないのですか？」

「ええ。N薬は温度管理装置に入っています。確実に扱《あつか》える人を配置しておいてください。もうあまり時間がありません。質問はありますか？」

セタ星管制室とのやり取りを終えた竹林は、地球管制室の西田にこのことを伝えた。

「ちょっと待って！　あなたが犠牲《ぎせい》になることはないでしょう!?」

「すまない。面倒《めんどう》なことを押《お》しつけて悪いが、あとのことは頼《たの》んだ。……もう時間がない」

通信を終えた竹林は、宇宙服を着用せずにエアロック（宇宙船から外に出るための気圧調整のための小部屋）に歩み出た。

解説

小型宇宙船の操縦士である竹林は、最大50人の命を助けることができるN薬が入った温度管理装置か、自分自身の命かという選択を迫《せま》られました。

ここで、一度ストーリーから離《はな》れて別の例で考えてみましょう。ここに1人が乗ったゴンドラと、50人が乗ったゴンドラがあり、どちらかが落下してほとんどの確率で死んでしまうとしたら、50人が乗ったゴンドラが落下したほうが大惨事《だいさんじ》であると感じます。これは、人数以外に情報がないため、1人と50人という単純《たんじゅん》な数の比較《ひかく》になります。

今回のストーリーはどうでしょうか。結果を見れば、1人と50人という大きな差があります。確かに、竹林の選択次第《しだい》で犠牲者の数は大きく変わってしまうという状況《じょうきょう》です。では、1人と50人のゴンドラと何が違《ちが》うかを考えてみましょう。

まず、「1人」にあたるのが他ならぬ自分自身であることがあげられます。自分や、自分の大切な人の命は、他の命より重く感じるのが通常です。また、竹林は仕事で薬を運んでいる点をどう考えるかも判断材料になるかもしれません。

もう一つ違う点があります。それは、宇宙船に50人の人が乗っているわけではなく、薬であるということです。確かに、N薬がなければ多数の死者が出ることが予想されますが、直接人を宇宙船から放り出すわけではありません。

さらに、N薬で「助かる」命と、宇宙船から飛び出すことで「死んでしまう」命を比較することは容易ではありません。N薬がなければ死んでしまう命は、残念ながら「助からなかった」のであり、竹林が危害《きがい》を加えたことにはならないのです。

もし、このまま治療をしなければ亡《な》くなってしまう50人を助けるために1人を殺しますか？　という問題であれば考えなおす、という人もいるでしょう。ただ、今回のストーリーの場合は、竹林自らが50人を救うという選択を検討《けんとう》しているので、このような単純な話にもできません。

もう一つ、違う例を考えてみます。Cという薬があり1人を救うことができます。この薬は再び手に入ることはありませんが、1年間ある装置に入れておくと、50人分に増やすことができます。増やしたC薬をさらに装置で増やすことはできません。今の1人分か、1年後の50人分か。今C薬を必要としているのは1人です。しかし、1年後にはもっと多くの人がC薬を必要とすると見られています。どちらを選びますか？

「宇宙で働く輸送隊員」とゴンドラ、C薬と、3つの例を見てきましたが、あなたの判断はどちらでしたか？　そして、もし、あなたが感染症を患《わずら》った家族を持つセタ星の住民だったとしたら竹林の判断をどう考えますか？

安楽死のある王国

カバリア王国はかつて大きく発展《はってん》し、世界からも注目された国ではあったが、長らく景気の低迷が続いていた。生活が立ち行かなくなる人も多く、暗いニュースが後を絶たない。

「このままでは弱者を救済《きゅうさい》する制度に国がつぶされてしまう！　かつてはこれでよかったが、今の時代には合わないんだよ。もっとこう、弱者は切り捨《す》てるくらいの覚悟《かくご》が必要なんじゃないのか？」

「いや、それは恐《おそ》ろしいことだ。君の言う弱者とはきっと収入《しゅうにゅう》を得て自立している人以外をいうのだろうが、人はみな、平等に尊厳《そんげん》を持って生活していく権《けん》利《り》があるはずだ」
「きれいごとだ！　彼らのためにどれだけの税金が使われていると思っている！　きれいごとで国はますます貧しくなり、犯罪がもっと増えていく。それがお前の理想なのか？」

王国のかじ取りを担《にな》う大臣たちは、連日国の在り方を話し合っていた。そんな中、ある大臣がこんなことを言いだした。

「安楽死を認《みと》めてはいかがですか？　きっとその、安楽死をしたい人が、自分の意思で選べるといいと思うんです。安楽死を選べる社会のほうが、経済的《けいざいてき》に困窮《こんきゅう》している人や身体的な苦痛《くつう》がある人なども楽になると思うんですよ。あと、お年を召《め》した方とか、ねぇ？」

「なるほど」

大臣たちはいっせいに安楽死についての議論《ぎろん》を始めた。


ある大臣は言った。

「人はみな平等に生きる権利があり、また死ぬ権利もある。誰《だれ》も苦しんで死にたいなんて思っていない。だから、自分の人生を好きなときに閉《と》じる権利は持つべきである。これが生きる安心につながり、いつでも死ねるならもう少し生きてみようという勇気にもなるだろう」


他の大臣はこう反論《はんろん》する。

「安楽死制度を適用する人の条件はどうするのですか？　死にたいと言えば誰《だれ》でも死ねるとなると、鬱《うつ》状態であったとか、心理的ショックによる一時的な気分の落ち込《こ》みなどで死を選んでしまう人が出てきます。医師に判断をゆだねる

のも無理があるでしょう」

さらに別の大臣が言う。

「それでは、60歳《さい》までは条件を厳《きび》しくして、本人に耐《た》えがたい苦痛があり、その苦痛を本人が許容できる範囲《はんい》に軽減できないことを条件にしよう。60歳以降《いこう》は本人の希望を考慮《こうりょ》に入れて、徐々《じょじょ》に条件を緩和《かんわ》する。もちろん、相談できるカウンセラーなどはしっかりと配置して、むやみに死を選ばないような制度作りが肝心《かんじん》だ」

慎重《しんちょう》な大臣はこう言う。

「悪用する人が出てくるんじゃないかしら？　〝安楽死ビジネス〟なんていうワードがニュースを席巻《せっけん》するなんてことになったら、この制度自体立ち行かなくなるわ」

「大丈夫《だいじょうぶ》だ。審査《しんさ》は医師と国の機関が連携《れんけい》して行う。安楽死を望む人の申請《しんせい》を受けて、それが認められなければ実行できないようにする。そのあたりは間違《まちが》いなくやっていこう」

「あなたはどう思います？」

全員の視線《しせん》が一人の大臣に注がれる。

あなたは有力な大臣としてこの場に参加している。あなたの意見は場の流れを変える力を持っている。どちらの立場に立つだろうか？

《選択肢《せんたくし》1》安楽死制度を導入したほうがいい 214ページへ

《選択肢2》安楽死制度を導入しないほうがいい 216ページへ

《選択肢1》安楽死制度を導入したほうがいい

経済が低迷し、将来《しょうらい》に不安を持つ人が増えていた国にとって、安楽死制度は受け入れやすいものだった。

今年で80歳になる柴谷啓治《しばたにけいじ》は安楽死制度をすんなりと受け止めた一人だった。

「いつでも死ねるのなら、病気になって末期になったとき苦しまなくていいから救われる」

そう、行きつけの喫茶店《きっさてん》で話すと、友人たちはこう言った。

「私《わたし》もね、足腰《あしこし》がどうも悪くてね。そろそろいいかなぁとも思うんだよ。孫のためにお金も残したいしねぇ」

「いや、待ってくれよ。そういう人が増えると、老人は安楽死したほうがいいってなっちゃわない？　俺《おれ》は天寿《てんじゅ》を全うしたいんだけどね」

柴谷には今年で19歳になる優花《ゆうか》という孫がいた。優花は過去に小児がんを患《わずら》い、何度も再発。今も重い後遺症《こういしょう》を抱《かか》えている。最近、一生みんなのようにはなれないのだと考えてひどく落ち込み、「死にたい」ということが増えていると、柴谷の子である優花の父親から聞いていた。

（どうしても辛《つら》かったら安楽死できると思えば少しは楽になるのだろうか。それとも、そういうお金がかかる人は安楽死したほうがいいのかって、社会からはじき出されたように感じてしまうのだろうか）

柴谷は、優花が好きなモンブランをあちこちのケーキ屋で購入《こうにゅう》した。

（これで、笑顔を見に行こう）

優花の家に届《とど》けるために電車に乗り込んだ。

《選択肢2》安楽死制度を導入しないほうがいい

経済が低迷し、将来に不安を持つ人が増えていた国にとって、安楽死制度の否決《ひけつ》は国民に落胆《らくたん》の色をもって迎《むか》えられた。

「ただ選ぶ権利を与《あた》えることがそんなにダメなのかしらね。……でも、年を取ったら死ぬことを考えて、なんていう空気になったら怖《こわ》いわ」

今年で81歳になる柴谷春子《しばたにはるこ》は安楽死制度否決の受け止め方に迷っていた。

春子は行きつけのカフェに向かった。気心の知れた友人たちとのお茶会は、今朝のニュースの話題でもちきりだった。

「安楽死を認める国って増えてるじゃない？　遅《おく》れてるわよねぇ。カバリアは」

そう一人が切り出すと、春子はあいまいに頷《うなず》いた。

「でも、安楽死制度が導入されたら、私、毎日死ぬことを考えてしまいそうで嫌《いや》だわ。最近物忘《ものわす》れも激《はげ》しくて、同居する家族ともなんとなくやりにくいの。優《やさ》しくしてくれるのよ？　でもね……わかるのよ。きっといないほうがいいんだろうって」

別の一人の話に、春子はドキリとした。

（やっぱりそうよね。みんな、なんとなく空気が変わるのが怖いのよ）

帰宅《きたく》した春子はカフェでの友人の話を思い返していた。

（安楽死制度がもし導入されたら、本当に苦しい人はきっと救われる。でも、利用者はどんどん増えていって、人員整理みたいなことが起こるのかしら。もしかしたら、本当に苦しくても生きたい人でも……雰囲気に流されて安楽死を選ぶようになるの？　うん。きっとこれでいいんだわ。否決でよかったのよ）

解説

安楽死は現在日本では認められていません。世界に目を向けると、オランダをはじめ、安楽死を認める国は増加傾向《けいこう》にあります。外国人が安楽死できる国として知られるスイスは、医師が薬物を投与《とうよ》して患者《かんじゃ》を死なせる「積極的安楽死」は認めていませんが、条件を満たせば、医師の診断《しんだん》の下《もと》で患者がストッパーを自ら解除《かいじょ》して致死薬《ちしやく》を自身に投与する「自殺ほう助」を認めています。

そして、2016年にカナダで積極的安楽死と自殺ほう助の両方が認められました。文中にある「本人に耐えがたい苦痛があり、その苦痛を本人が許容できる範囲に軽減できない」という条件は、現在のカナダが安楽死の条件としているものです。ここで言う、「本人に耐えがたい苦痛」をどう捉《とら》えるかによって、比較的簡単《ひかくてきかんたん》に承認《しょうにん》が下りるため、利用者が急増し、後発でありながら一気に安楽死先進国となりました。

2022年、日本で『PLAN75《プラン》』という、高齢化《こうれいか》社会と安楽死をテーマにした映画《えいが》が公開されました。この映画では、75歳以上であるという一つの条件さえ満たせば安楽死が可能になった世界が描《えが》かれています。そして、国はこの制度を宣伝《せんでん》し、広く利用してもらおうとします。そんな中、78歳のミチは年齢《ねんれい》を理由に仕事や住処《すみか》を追われ、次第《しだい》に安楽死を考えるようになっていきます。

このストーリー「安楽死のある王国」について、200人にアンケートを行った結果、「安楽死制度を導入したほうがいい」が54%、「安楽死制度を導入しないほうがいい」が46%となりました。やや「安楽死制度を導入したほうがいい」が優勢《ゆうせい》という結果です。

「安楽死制度を導入したほうがいい」を選んだ人からは、死ぬ権利を認めるべきという声や、いざとなったら苦しまなくてもいいのは安心という声が上がりました。安楽死制度の導入に賛成であっても、よく審査して最終手段《しゅだん》としてなら、正当な理由がある場合のみ、本人が本当に望むケースだけ、法整備をしっかりするのであればなどと、一定の条件のもとで慎重に導入を進めるべきであるという意見が多数寄せられました。また、生かすことが最大の目的になっていると、医療《いりょう》の在り方に疑問《ぎもん》を投げかける意見もいくつかありました。

一方、「安楽死制度を導入しないほうがいい」を選んだ人からは、死を本人が本心で望んでいるかの判断が難《むずか》しい、悪用する人が出てくる、安易に命のやり取りがなされてしまう、心の傷《きず》から回復する前に死を選択してしまうのでは、などの意見がありました。

さらに、次のような考えもありました。世間や家族内の空気から安楽死を選んでしまったり、そもそもそれが誤《あやま》った思い込《こ》みであったりするかもしれません。自殺をはかって未遂《みすい》に終わり、その後「あのとき死ななくてよかった」と思う人がいるとして、もしそのような人が安楽死制度があったために一時の決心で自殺の代わりに制度を利用して亡《な》くなってしまったとしたら、本心から死を選んだといえるのでしょうか。また、厳《きび》しい条件があったとしても、解釈《かいしゃく》次第で緩《ゆる》くなってしまうことを懸念《けねん》する声もありました。

もし、日本で安楽死を認めるとしたら、どのような条件が必要だと考えますか？

おわりに

すべての「思考実験」で自分なりの答えが見つけられたでしょうか。悩《なや》んだストーリーがあれば、時間を置いてからまたやってみてください。

そして、今度はぜひ、他の誰《だれ》かと一緒《いっしょ》に考えて話し合ってみることをおすすめします。きっと新しい発見があるはずです。多くの思考実験は正解がありませんから、それぞれの意見を否定《ひてい》するのではなく尊重《そんちょう》することで、多角的な思考が身に付くでしょう。もちろん、誰かの意見を聞いて自分の意見を変えてもいいですし、最初とまったく異《こと》なる新しい自分の答えを導き出してもいいのです。

この本のテーマは〝未来〟です。「思考実験」は、今はまだ実現不可能なことでも、頭の中で実験することができます。ですから、あなた自身の5年後や10年後を想像し、具体的なことを頭の中であれこれと実験してみることも可能なのです。

「思考実験」を使って、将来《しょうらい》の夢や新しい趣味《しゅみ》について深く思考してみるのもいいでしょう。こんな仕事をしていて、あの資格を取得して、あんな国に行って……。「思考実験」ですから、なるべく細かく深く、そして最大限に自由に考えてみると、今までと違《ちが》った思考を辿《たど》って、初めての気づきを得られるかもしれません。

あなたの無限大に広がる〝未来編〟は、どんなストーリーが選択《せんたく》されて進んでいくのでしょうか。

北村良子　きたむら・りょうこ

1978年生まれ。有限会社イーソフィア代表取締役。パズル作家として、新聞や雑誌、TV番組などのパズルを作成し、子ども向けからビジネスパーソン向けまで幅広く執筆している。『論理的思考力を鍛える33の思考実験』(彩図社)をはじめ、著書多数。

イラスト　あすぱら
デザイン　小久江厚（ムシカゴグラフィクス）
DTP　ローヤル企画

キミの答えで結末が変わる
5分間思考実験ストーリー 未来編

2024年12月20日　第1刷発行

著　者　北村良子
発行人　見城 徹
編集人　中村晃一
編集者　渋沢 瑶
発行所　株式会社 幻冬舎
〒151-0051　東京都渋谷区千駄ヶ谷4-9-7
電話　03（5411）6215（編集）
03（5411）6222（営業）
印刷・製本所　中央精版印刷株式会社
検印廃止

ISBN 978-4-344-79220-3　C8093

ホームページアドレス　https://www.gentosha-edu.co.jp/
この本に関するご意見・ご感想は、下記アンケートフォームからお寄せください。
https://www.gentosha.co.jp/e/edu/